AF617253

Personaje secundario

VOCES / LITERATURA

COLECCIÓN VOCES / LITERATURA 389

Nuestro fondo editorial en www.paginasdeespuma.com

Sofía Balbuena, *Personaje secundario*
Primera edición: mayo de 2026

ISBN: 978-84-8393-385-5
Depósito legal: M-10437-2026
Thema: FBA; FYB

Editorial Páginas de Espuma
Madera 3, 1.º izquierda
28004 Madrid

Teléfono: 91 522 72 51
Correo electrónico: info@paginasdeespuma.com

Impresión: Cofás

Impreso en España - Printed in Spain

Sofía Balbuena

Personaje secundario

El día 19 de marzo de 2026, un jurado compuesto por Enrique Pascual, presidente del Consejo Regulador de la Denominación de Origen Ribera del Duero, Juan Gabriel Vásquez, escritor y presidente del jurado, Nuria Barrios, escritora, Paulina Flores, escritora, además de Juan Casamayor, director de la Editorial Páginas de Espuma, y Alfonso Sánchez González, secretario general del Consejo Regulador de la Denominación de Origen Ribera del Duero, en calidad de secretario del jurado, ambos con voz pero sin voto, otorgó el IX Premio Ribera del Duero de Narrativa Breve, por mayoría, a *Personaje secundario*, de Sofía Balbuena.

ÍNDICE

El honor no lo perdí
es el héroe que hay en mí.

Pappo, «Juntos a la par»

La mejor persona del mundo

Se pregunta si el resto de las madres se preguntan las mismas cosas. Si debería haberla tenido, por ejemplo, mientras la mira intentando convencer a los cuatro viejos que están jugando a la petanca sobre la pista del Passeig de Sant Joan, si puede ella lanzar el boliche. Les corretea alrededor llena de energía, levantando las manos y a los gritos, con la rusticidad de los niños que son más grandotes que el resto de los niños. Los señores en sus uniformes de viejos jubilados, distintos tonos de marrón gastado, como ramitas secas a merced del viento, cercados por su hija que no para de moverse y parece capaz de tumbarlos a los cuatro. Cumple seis años en junio y es la más alta de su clase, a ella ya le llega a la cintura. No sabe cómo no se rompió en el parto. No sabe o más bien no quiere acordarse.

El embarazo se le vino encima. No es que no supiera cómo quedan embarazadas las mujeres, pero muchas veces antes no se había cuidado. Estaba segura de que era incapaz de quedar embarazada. Resultó que no y el año que se había ido de intercambio a Barcelona se transformó en otra cosa, mucho más seria. Tuvo ese momento de duda que duró un par de días o un par de semanas en donde todo era una posibilidad, un camino abierto. Entre que se hizo la prueba y vieron la forma de ir a la sanidad pública y pedir cita, ya estaba en la semana diez. Se hizo a la idea, no podía ser tan grave. Le daban miedo todas las opciones, no quería volverse y se querían. No estaba lista para que eso se terminara cuando parecía que estaban en el mejor momento. Pensó: por ahí es el destino. Pensó: es una forma de quedarse, como cualquier otra, quizás más barata. Se quedó, la tuvieron.

El embarazo fue como aguantar la respiración bajo el agua. Sabía que tenía que reaccionar, pero no sabía cómo. Se distrajo. Pasaba las tardes en la misma plaza en donde ahora la nena juega. Dónde estaría, qué hubiera sido de ella si no hubiera quedado embarazada. Los niños corrían alrededor mientras se abría el abrigo sobre la panza, deseando con ese movimiento que el viento fresco alcanzara también a la criatura. Miraba largo rato las ramas desnudas de los árboles que se estiraban como vasos comunicantes hacia un cielo que no se dejaba nunca perforar. Cuando se acordaba que dentro suyo había otro ser, con uñas y pelo le daban ganas de vomitar, pero se le llenaban los ojos de lágrimas imaginando una nena que se pareciera a él. Quedarse con una parte suya, como si le hubiese cortado un pedazo de dedo para guardarlo en un cajón de su cuarto. Intentaba adivinar qué de cada uno se imprimiría en la nueva persona. En secreto rezaba para que se pareciera más a él que a ella, para que fuera igualita a él. Fue un poco por eso. Un souvenir o un imán para la heladera cuando una se va de viaje, algo que le dijera: esto pasó, yo estuve ahí. Si se volvía, si se separaban, si no la hubiese tenido. Quién le iba a creer, a quién se lo iba a contar. Dónde iba a ir a parar todo lo que se habían dicho y todo lo que habían hecho en el cuarto que alquilaba en el Born con ese chico tan raro, de gesto turbio que la miraba desde abajo como si ella fuera la mejor persona del mundo.

Tuvieron que buscar un departamento y fue difícil. No tenían mucho dinero, ni nómina, ni conocidos que les hicieran de avales. Lograron terminar el máster en el que se conocieron a duras penas. Él quería doctorarse, pero tuvo que buscar trabajo. Al final ella puso una fianza enorme de sus ahorros y la mamá de él puso el resto. Qué hubiese hecho con esos cinco mil euros, en qué se los hubiera gastado si no los hubiese puesto en una casa que ni siquiera le gustaba del todo. Pero era una de las pocas propiedades que estaba dispuesta a alquilar el piso a estudiantes extranjeros. Se hubiese pagado otro máster capaz, o un viaje a un lugar todavía más lejos. Tailandia, Vietnam, Filipinas. Playas exóticas, fotos memorables. Un montón de imanes para la heladera, un conjunto de experiencias que le dieran cuerpo a otra vida, objetos pequeños que así lo atestiguaran regados por el espacio de una casa. Cuando llegó el momento de parir lloró como si dentro se le hubiera perforado un caño de agua. Nada se le hacía más cruel que tener una hija lejos de su propia madre. Gritó que no quería parir, que la mandaran a cesárea, pero no le hicieron caso. Cerró los ojos y se negó a pujar. Cuando Florencia por fin nació, después de un trabajo de parto de más de doce horas, no sintió ningún alivio.

El primer año se le pasó entre penumbras. Recuerda el momento en el que cruzó la puerta de ese departamento en el que vivían y se dio cuenta que ahí se tenía que quedar, con él, con la bebé, quién sabe por cuánto tiempo. Después, todo se le vuelve brumoso. Le molestaba la luz del sol al principio y se levantaba poco de la cama. Era verano y hacía calor, pero ella no sentía nada. Antes de irse a trabajar él subía apenas las persianas de la casa y abría las ventanas. Ella las bajaba cuando él cruzaba la puerta. La consistencia de un estado de ánimo pesado, como la habitación oscura y sin ventilación en la que se encerraba con su hija. Se acuerda de estar cansada, de sentir que el cuerpo no le respondía. También de la tranquilidad que le daba tener a la beba cerca, darle la teta, verla reaccionar con alegría a su presencia. De tomar agua para tener leche para ella. Lo buscaba en la cara de Florencia, pero no lo veía. Había algo ahí, de ellos dos, pero no era lo que se había imaginado. Ni siquiera tenía energía para fantasear con otra vida, otros escenarios. Él quería resolver, ella quería descansar. Él se ocupaba de la casa; limpiaba, hacía la comida, lavaba la ropa. Ella se ocupaba de la nena y nada más, ni siquiera de ella misma. Era él el que le insistía para que se bañara, diera una vuelta, comiera un poco. Al final fue el parque, empezó a salir al parque algunas tardes con la beba. Le quedaban algunos pañales, pero tampoco muchos. Salir sola con la nena era un incordio. Siempre se le olvidaba algo imprescindible. Florencia ya tenía cinco meses y sostenía la cabeza así que podría bajar sin el cochecito, solo con el fular y se dijo, mas sí. Se fue a la farmacia que quedaba a la vuelta y con la bolsa de pañales en la mano y la nena colgando del pecho, caminó hasta la plaza a ver los árboles ya sin hojas de noviembre. La madera agrietada de los árboles en el otoño, la prestancia de un gris múltiple, como un estado de ánimo pasivo y hermoso. Todavía daba el sol sobre el cuadrante de la plaza y corría viento. La forma de las ramas buscando espacio sobre el pavimento, sobre los edificios, la tranquilizó. Conoció a otras madres, jóvenes como ella, más solas que ella y a veces también, más desesperadas. Otras madres que podían ver a sus hijos como ella veía a veces a la suya, y con las que podía también compartir el oficio de ocuparse, aunque fuera en silencio. Cuando empezó a ver que podía ser peor, que había peores madres que ella, pudo poner su vida en perspectiva y se le empezó a pasar.

El segundo año él quiso volver a la universidad, aplicar al doctorado; tener una familia no puede ser lo único que haga, le dijo. Además, así también voy a poder estar más en casa. Su primer impulso fue resistirse, le dio envidia y no estaba segura de qué podía pasar si él compartía más tiempo con ella en la casa. Su vida con Florencia en la casa era una serie de rituales concatenados que no se atrevía a compartir ni siquiera con él, pero que a ella la llevaban de una punta a la otra del día. Al final terminó asintiendo. Ninguno de los dos tenía todavía treinta años. Tenía razón, tenían que ayudarse, eran un equipo, el camino era largo. Hizo todo lo que pudo para apoyarlo. Empezó a ocuparse también de la casa, de a poco, como podía. La nena iba unas horas al jardín maternal. Ella le revisaba las postulaciones, lo ayudaba con la redacción de las cartas y los contactos. Él se ganó su beca y entró al doctorado. Estaba contento, volvieron a besarse como antes, a salir juntos de nuevo. Una noche se emborracharon y cogieron sin cuidarse, como si el peso de las decisiones que habían tomado no estuviera durmiendo en una cuna a pocos pasos. Fue ella la que le dijo que sí, que terminara, que no se podía quedar embarazada amamantando. Le hacía falta la posibilidad de perseguir esos arrebatos que podían cambiarle la vida. Cuando él se desarmó satisfecho a ella todavía le faltaba un tranco para el orgasmo. Lo empujó a moverse y él se dejó hacer, encantado de tener la oportunidad de darle el gusto de una forma tan concreta. Empezó a pensar más en esos términos: había que trabajar para estar mejor, hacer concesiones, dar para recibir. Pasaron muchos meses buenos, en donde Florencia crecía limpia y alegre y ella los miraba desde la mesada de la cocina, mientras él le daba de comer en la boca el puré de zapallo o la manzana rallada. Entendió que se reían parecido, que no era tanto una cuestión genética como de contacto. Que la nena se miraba en el padre como una se mira en un espejo y le daba gusto verla reconocerse en él. Dejó de pensar en los cinco mil euros que había puesto para la fianza de la casa como una deuda que él tenía con ella. Dejó de estar tan cansada. Empezó a imaginarse una vida dentro de la vida que ya tenía. Qué podía hacer, cómo, cuándo, en qué momentos. Volvió a caminar sola por la ciudad y quiso buscar trabajo. A él le pareció buena idea, pero había que ponerse de acuerdo en los detalles. Quedarse solo en la casa con la nena no era viable si tenía que estudiar. Trabajaron en un esquema de horarios. Le parecía razonable acomodarse ella que era la que todavía no tenía nada fijo. Terminó trabajando medio tiempo vendiendo pipas y artículos para fumar marihuana en el Gótico. En el local accedieron a darle las horas que su hija estaba en la guardería. Era eso o ser mesera. A las dos semanas se dio cuenta de que lo que ganaba le cubría el viaje en metro y poco más. Se compró una bicicleta. No le importaba tanto ganar poco como sentir que ella también podía hacer otra cosa. Además, atendiendo el local conocía gente extraña que la fascinaba. Un día le robaron una pipa de las caras. La chica compró papelillos grandes para armar y filtros de cartón. Su encargado la hizo mirar completo el video con la secuencia del robo, cómo ella se daba vuelta, dándole la espalda a la clienta que aprovechaba para calzarse la pipa entre la espalda y el pantalón. Esta la puedo dejar pasar le dijo, y ella se dio vuelta como se había dado vuelta en el video. Pusieron el cartelito de regreso en diez minutos y se encerraron en el fondo. Se la cogió como un animal convulso contra la pared del baño de empleados. Ni siquiera le sacó la bombacha, se la corrió con los dedos húmedos y la penetró de un solo intento. Ella acabó en segundos y antes de que él terminara, estuvo a punto de volver a acabar. Después de los tres meses de prueba, no le renovaron el contrato.

El tercer año se lo pasó cambiando de un trabajo a otro; vendió empanadas para una cadena que tenía tres locales en Barcelona, limpió departamentos que se alquilaban por Airbnb, hizo de guía turística en el bus rojo de la ciudad. Quería dejar de pedirle plata a él, y dejar de comerse sus ahorros, que habían sido frondosos, pero de los que cada vez quedaban menos. Los cinco mil euros que tenía en la fianza del departamento eran un seguro de vida, pero cuando veía la pintura del living descascararse o el flotador del inodoro flojo, mentalmente, le iba restando un poquito. Entonces pensó en doctorarse ella. Le pidió que hablara con su directora de tesis, ahora por la otra parte del equipo. Le parecía lo natural, lo obvio incluso, pero de todos modos cuando tuvo que acercarse para hablarle del tema lo hizo con vergüenza, como si le estuviera pidiendo un encargo imposible. Dijo que sí, que lo haría, que claro que podía ayudarla, pero las cuestiones concretas se demoraban. Ella cada vez estaba más convencida de que era necesario dejar de dar volantazos; volver a su profesión, forjarse también un horizonte, parecido al camino que había imaginado podía ser armar una familia. Pero sentía que era incapaz de hacerlo sola, que lo imitaba porque era lo que tenía cerca y no conocía otra cosa. A la vez se iba convenciendo de que él la resentía por eso o que podía llegar a resentirla. Ese era el riesgo; el miedo al rechazo que se le venía encima cada vez que le recordaba lo de su tutora y los correos y las cartas de recomendación. Qué hubiese hecho si no se hubiese embarazado, dónde estaría ahora. Cuánta plata estaría ganando. Pensaba también en volverse. En viajar. En todo lo que no podía hacer y en lo que le gustaría estar haciendo. En que podía amenazar con irse, pero sola no podía sobrevivir en ningún lado y no se podía ir de España con la nena sin la autorización del padre. Aunque capaz lo podía engañar, decirle que se iba una temporada a ver a su familia mientras él se concentraba en escribir la tesis. Ella cada vez se ocupaba de más cosas y él de menos. Se decía que no era una buena idea llevar una cuenta mental de los mandados y las tareas, pero no lo podía evitar. Los dos limpiaban y cocinaban, pero era ella la que lavaba la ropa de ellos y de Florencia, la que hacía las compras y la que pagaba las cuentas, casi siempre con la plata que él le daba. En su país, con su familia, sería más fácil. Hacer un asado un domingo, calor en enero, la cordillera como la espina neural de un dragón al fondo del horizonte. No tener que volver a dormir a su casa todas las noches. Una casa más grande, un jardín. No ese departamento tan mal distribuido que se hacía más chico cada día bajo el peso de los juguetes y las cosas de Florencia. Pero él se estaba doctorando y aún le faltaban por lo menos dos años. Estaba contento, uno de los dos había hecho algo contra todo pronóstico y ella lo había ayudado. Un imán en la heladera, pero de un viaje ajeno. Capaz después sí nos podemos ir a tu país, le decía a veces. O al mío. Él pasaba cada vez más tiempo en la biblioteca y después se iba a tomar cerveza. Ella quería aprovechar, intentaba avanzar, pero se la pasaba rumiando los motivos por los que él no le presentaba a sus compañeros del grupo de investigación, por qué parecía escaparse de la casa a cada rato. Seguía perdiendo el tiempo, se distraía, pero de otra manera. A veces ponía a hervir agua y no recordaba para qué, o se olvidaba de apagar el horno después de sacar las milanesas. Cuando llegaban los fines de semana se aflojaba, él no se comportaba como si ella lo estuviera interrumpiendo, desayunaban en la cama los tres, sin apuro ni condiciones. Cuando Florencia se inquietaba y empezaba a hacer barullo en el living minúsculo, él la llevaba a dar una vuelta, a tomar un helado y ella se iba a bañar tranquila. Pasaban los fines de semana con alegría. Igual parecía un trueque, un juego de compensación; como si el saldo de la semana lo dejara en desventaja y los sábados y los domingos le tocara esforzarse. Lo hacía de todos modos y disfrutaba de tenerlas cerca cuando no estaba ocupado. La miraba como si fuera de él pero a la vez ajena, distinta, y los ojos le brillaban con bondad o agradecimiento. Acostaban temprano a la nena y compraban sushi. Miraban una película y se querían entonces de una manera más concreta, práctica. Ella cabía justo en el hueco de su abrazo cuando apagaban las luces para dormir y él la besaba en la mañana antes de abrir los ojos. Lo quería, y la hija de ambos aparecía sonriendo en el marco de la puerta de su cuarto de repente. Una fórmula que replicaba la felicidad que habían sentido cuando se conocieron y empezaron a amarse. No había sido más barato tener una hija y quedarse. Funcionaba. A veces mejor, a veces peor, pero funcionaba. Antes de Florencia, no habían terminado de caer en el pozo que eran los ojos del otro; fue el embarazo el que los puso frente a frente como un asunto definitivo. Cuando se acuerda de cómo la tocaba antes de parir a su hija se le arma un vacío entre las costillas superiores y se pone triste. Se consuela pensando que si no la hubiera tenido no lo querría a él, ahora, así, de esa forma tan física.

El cuarto año ella intentó entrar al doctorado, pero no lo logró. Lo supo no más terminó de enviar la postulación a través del sistema de registro de la universidad. Cuando apretó el enter definitivo y se puso a revisar los documentos, por enésima vez, se dio cuenta que había ideas que no estaban bien conectadas y que en la primera oración de su carta de presentación tenía un error de tipeo. Primero se sorprendió de ver esos agujeros después de haberle dado tantas vueltas al asunto. Se consoló repitiéndose que hay cosas que solo se revelan completas una vez que acaban. Había días en los que se convencía de que tenía que esperar, que mucha gente iba a mandar postulaciones peores que la suya. Se olvidaba, se distraía, iba haciendo su vida, ocupándose en tareas que la sacaban de eso. Trabajaba como mesera en el bar frente a la plaza. Se había resistido, siempre le había parecido que era como bajar un nivel, pero al final había sido un alivio. Ser mesera le resolvía con poco esfuerzo un problema concreto y pesado. Un problema o varios: ganar dinero y también mantenerse ocupada. Llenar las horas con tareas de otra especie, pequeñas actividades que no tuvieran que ver con el departamento, él, lo que había que hacer, como una carrera de postas, cada día para llegar a descansar más o menos ilesa a su cama en la noche. No tenía que tomar transporte y podía llevar a Florencia a la escuela y a la plaza y el coqueteo con los clientes la animaba. A veces también, cuando alguien la maltrataba o se quejaba de cómo atendía, se ponía triste. Era distraída, siempre había sido distraída. De vez en cuando depositaba en la mesa una Coca-Cola cuando le habían pedido un agua con gas o una caña. Nunca era del todo grave pero si se le amontonaban varias en un mismo día se volvían un problema, por acumulación. También era atenta a una serie de detalles que hacían que el encargado le tuviera cariño; como que la comida estuviera bien caliente cuando la servía o que antes de irse siempre dejara los trapos que había usado para limpiar las mesas en remojo con lejía. El encargado, un catalán que siempre andaba enojado, la conocía hacía años, a ella y a él, desde que habían llegado a vivir al barrio cuando quedó embarazada. A las cuatro de la tarde ya estaba fuera del bar y casi siempre le tocaba pasar por Florencia a la escuela. Le hacía después la merienda y la paseaba mientras él se dedicaba a escribir la tesis o resolver pendientes de la tesis o a ver gente que tenían que ver con su incipiente carrera como académico. Ese año él estuvo fuera algunas semanas, hizo dos viajes diferentes a congresos en donde presentó partes de la investigación que empezaba a cerrar. Sola con la nena se irritó tanto que una vez le cruzó la cara de un cachetazo. No paraba de pedirle que le pusiera un dibujito animado en el teléfono mientras ella estaba sacando una bandeja del horno. Un desborde normal, entendible, se repetía a sí misma. A él no se lo contó, pero desde entonces no había vuelto a faltar mucho rato de la casa. Lo que él hacía se había vuelto una cosa concreta, real, como la cafetera italiana o el escritorio en el que se sentaba a trabajar todos los días. Ya no era una aspiración, un deseo, sino que una práctica que ocupaba espacio y tenía defectos y generaba complicaciones. El dinero de su beca ya no le parecía suficiente, le empezaba a preocupar el futuro y las limitaciones de lo que había elegido. Lo que le había resuelto el horizonte por un puñado de años ahora amenazaba con volverse pequeño, como el departamento en el que seguían viviendo. Tenían demasiados imanes en la heladera y la mayoría eran de lugares que no les habían gustado tanto. Los cinco mil euros de la fianza le parecían un cuento chino, una leyenda o un mito, una idea ancestral que servía para explicar una parte del presente. Cuando él le preguntaba si ya sabía, qué había pasado, ella le decía que no se hacía ilusiones pero que todavía no tenía los resultados, que había que esperar. Una vez que supo con certeza que no había entrado, guardó silencio todavía por un par de semanas. No fue hasta que él le dijo que alguien que conocía ya tenía su admisión que ella se decidió a confesar. Él quiso consolarla, le dijo que probaría el próximo año, que era una cuestión de gimnasia. Ella notó entonces en él cierto apremio, como si le urgiera volver pronto a sus cosas, no distraerse del todo de lo importante. O más bien una resistencia a dejarse arrastrar hacia una cancha en la que el sentido del orden estaba menos claro. Pensó entonces, ella, que él pensaba en él y que siempre había pensado en él. Dijo entonces, no sin malicia, que no estaba segura ya de que la vida académica le interesara, que se le hacía chiquita como el living de la casa en la que vivían. Creyó que iba a lograr ofuscarlo con el comentario, que estaba así poniendo en palabras un sentimiento espeso que ya estaba en el aire. Él concedió con una sonrisa, le dijo que tenía razón y le dio un beso en la mejilla con todo el cariño del que ella lo creía capaz. Claro que pensar en él es lo normal, lo propio, se dijo. Lo que realmente le molesta es que ella no pueda pensar en ella así, de la misma idéntica manera. Se sintió injusta, torpe. Recordó la vez que se cogió a su jefe cuando trabajaba vendiendo pipas de marihuana, las veces que se lo volvió a coger ya fuera de ese trabajo en el mismo baño, y también las veces en las que se llevó al bolsillo los números de teléfono que los clientes le dejaban anotados en la cuenta, después de entregarle alguna propina, siempre magra. Los mensajes que intercambia con tipos, las fotos que les manda y el dinero que pide a cambio a veces por los videos en los que se masturba diciendo sus nombres. No creía que el amor que le tenía se midiera ahí, ella sabía que a él lo quería. Pero la naturaleza de lo que tenían juntos impedía la sensación de huida y descarga que le daba todo lo que no le podía contar. Le quiso agradecer, le dijo gracias. En realidad no estaba agradecida, estaba triste y lo que dijo no conjuró sobre su compañero el efecto que ella había calculado. Volviendo esa tarde con Florencia del jardín paró en la plaza. Era de las pocas actividades que podían hacer juntas y disfrutar a la par. Podía ver la terraza del bar si se daba vuelta en el banquito de madera en el que estaba sentada. La nena jugaba en el arenero con un niño al que veían siempre, que también iba a su mismo colegio, aunque a otro grado. La madre del nene hablaba por teléfono a pocos pasos en un catalán cerrado, como de fuera de Barcelona. Pensó, aunque no fue la primera vez, si todas las madres se preguntaban las cosas que ella se pregunta. Si todas las madres, como la otra madre, casi tan joven como ella, que hablaba a los gritos por teléfono a pocos metros sin constatar a su nene en el arenero, se preguntaban también si no hubiera sido una mejor idea no tener una hija y no volverse una madre. No hacer padre al tipo al que había deseado más que a ningún otro. Si quedarse con él, haberle cortado un dedo de la mano para guardarlo en un cajón, no había arrasado con el deseo de conservarlo.

El quinto año volvió a aplicar y al fin entró al doctorado. Hizo todo más o menos igual, pero de otro modo. No le pidió ayuda, buscó otros caminos que fueron al final, mucho más fáciles que pedirle ayuda. Un doctorado distinto, parecido, pero en otra universidad. Con su propia directora de tesis y un proyecto que se inventó de cero. Una beca más chica, pero no más chica que lo que ganaba trabajando en el bar. Él estaba terminando y ella empezaba. Él cansado y harto, complicado con fechas de entrega y prospectos para el futuro y ella, liviana e ilusionada. Florencia iba más horas al colegio, y podían darse el lujo, con dos sueldos, de tener una niñera, aunque más no fuera un par de horas a la semana. Igual casi nunca hacía falta porque ya tenían la gimnasia. Con la niña más grande no sentía que lo necesitaba sino que más bien era cuestión de elegirlo. Igual siempre volvía sobre lo mismo; qué tipo de relación hubiesen tenido si no hubiesen sido padres, si se hubiesen quedado juntos, pero sin Florencia. Si seguirían cogiendo como entonces o eso también se hubiera desarmado con o sin la presencia de la niña, por el puro efecto del paso del tiempo. Estaba haciendo las paces con los ciclos y los ánimos, a veces lo elegía y a veces lo quería lejos, pero siempre volvía a dormir a casa que era lo importante. Primero quiso aprovechar, ser la mejor alumna, hacer las cosas bien. Cada vez que se tomaba el tren a la universidad para dar alguna clase repasaba lo que iba a decir o leía y subrayaba las lecturas del doctorado en el viaje. Después se dio cuenta que en realidad nadie la estaba controlando, que los plazos, las fechas, las exigencias se las ponía ella. Los chicos a los que les enseñaba casi no hacían preguntas y la profesora que la dirigía había accedido más como un favor que por la convicción que le despertaba el proyecto que ella le había llevado. Eso la entusiasmó todavía más; veía ahí un espacio para llenar sin que nadie le cuestionara el tiempo ni los horarios. Pensó en que él también habría mentido y que las veces que había dicho que el grupo de investigación esto o aquello eran cuentos para ganarse una exit, que los viajes a los congresos y los seminarios eran también mentiras para deshacerse, él, de la responsabilidad de cuidar una hija que era de los dos. A veces iba a la universidad, aunque no tuviera nada que hacer ahí. Ningún seminario, ninguna charla, ningún encuentro, ninguna clase. Se tomaba el tren a Bellaterra y miraba por la ventana los árboles como algunos años atrás, todavía embarazada, había mirado los árboles de la plaza a dos cuadras de su departamento. No lograba casi nunca aislar sus esqueletos pelados, recortar desde su mirada las ramas que en el otoño se abren camino hacia las nubes con insistencia. En esa parte de Catalunya el verde no desaparecía nunca y el tren atravesaba la espesura del bosque que el trazo de la vía mantenía a raya. Paseaba por el predio de la facultad, almorzaba en la cafetería, a veces estudiaba o leía un par de horas en la biblioteca. Se concentraba en los grupitos de estudiantes unos cuántos años más jóvenes que ella, que se tomaban una cerveza tras otra mientras hablaban de política y discutían la independencia de los países catalanes. Empezó a apagar el teléfono cada tanto. Primero avisaba y después ya, lo hacía siempre. Él casi nunca la llamaba, no le hacía reproches, tampoco parecía molesto.

Ella creía que le estaba devolviendo los años en que la que había estado siempre alerta era ella, pero nada en él le hacía pensar que se sintiera en la obligación de devolver nada. Se limitaban a discutir las cuestiones prácticas de sus desapariciones. A qué hora vuelves, llegas a cenar, me voy a acostar. Volvía de Bellaterra a veces en el último tren, o en el ante último, y paraba en el bar donde hasta hace poco había trabajado a tomar algo con cualquier tipo sentado a esas horas en la terraza o en la barra antes de subir a casa a dormir. A veces eso no era suficiente, y después de que el bar cerrara, todavía llegaba a sentarse a la plaza, cuando estaban por dar las doce de la noche. Miraba las copas de los árboles agitándose con la brisa o con el viento y a los perros y sus dueños dando la vuelta obligada, haciendo lo mínimo indispensable por el animal, antes de volver a meterse puertas adentro con sus bichos. Al día siguiente podía levantarse con culpa por su ausencia o no. Intentaba que no se le notara, saltaba de la cama primero que él y ponía la cafetera. Evitaba verse a sí misma en el espejo del cuerpo arisco o entretenido, pero siempre lejos de su compañero. Dejaba que fuera él ahora el que levantaba a Florencia, pero seguía llevándola al jardín. Volvía lento a la casa, se tomaba todo el tiempo del mundo. Compraba frutas, paseaba por algún local de ropa. Una mañana hizo la cola del correo, porque sí, porque no sabía qué otra cosa hacer para no volver. A veces cuando pasaba a buscar a su hija por la escuela en la tarde se concentraba en la mugre adherida a las zapatillas que había optado por no poner a lavar ni repasar con un trapito. Qué me costaba, se decía y entonces la llevaba directo a tomar un helado o le compraba un huevito kinder. La nena se parecía cada vez más a ella; el pelo pesado y sereno, negro oscuro, la manera en la que hacía gestos con los brazos y las manos cuando le contaba lo que había pasado en el jardín ese día. Una compañerita que tenía un gato color miel, otro nene que había ido vestido de power ranger. Le acariciaba una mejilla entonces, como si se estuviera mimando a ella misma, a una parte de ella al menos, la mejor parte de ella. Él le daba su espacio, la medía a distancia, pero no dejaba de mirarla. Ella sentía sus ojos en la espalda mientras caminaba por la casa o cuando decía que iba al súper. Se imaginaba que un día la encerrara en el cuarto y se la cogiera sin mediar palabra, o que mientras Florencia chapoteaba en la bañera, se arrodillara como el chiquito de tercer año de carrera que se había llevado al servicio de la biblioteca la semana anterior. Lo que ella pensaba que era desinterés, se dio cuenta, era en realidad miedo. Un día le dijo que tenían que hablar y ella supo lo que venía. Se sacó el asunto de encima diciendo que quería llevar a la nena a la plaza. Que hacía mucho que no iban. Él insistió, era importante. Hizo como si no lo escuchara; se guardó las llaves y el monedero en los bolsillos y se calzó el abrigo. Él aflojó cuando la vio alterada, como a punto de quebrarse. Florencia no quería salir, y ella se puso nerviosa. La nena quería quedarse jugando en la casa y solo logró convencerla cuando le prometió, con la ayuda de él, que después iban a ir todos a tomar una merienda especial.

Ahora, mientras Florencia con casi seis años les insiste a los viejos que juegan en la plaza a la petanca que la dejen jugar a ella también, ella busca una salida al problema entre la junta de las baldosas a sus pies y en las ramas de los árboles que, plantados uno a un metro del otro, llegan a rozarse apenas en sus partes altas. Él todavía no dijo nada, pero no hace falta que diga nada; puede venir por muchos lugares la charla, pero el final es idéntico en cualquiera de los escenarios que ella se imagina. Se levanta del banquito en el que siempre se sienta y camina en círculos entre la pista de petanca y el banco. No se aleja mucho pero no puede estarse quieta. No falta tanto para el verano y ella quisiera que el clima acompañara esa sensación que lleva dentro y que cultiva cada otoño y cada invierno; hay algo torcido adentro, que si intenta enderezar corre el riesgo de quebrar del todo. Que todo florezca, que se vaya el frío no la alivia, al contrario, la hace sentir que su figura siempre exangüe y pálida se impone como una mancha gris sobre un fondo de colores vibrantes. Se pregunta si el resto de las madres se preguntan las mismas cosas. Si las dos chicas sentadas en el banquito en el que ella estaba sentada, que pasan fotos de vestidos en sus teléfonos mientras sus nenas en los carritos duermen o se entretienen con algún chiche, tienen tiempo para lo que ella siempre encuentra tiempo. Observa la frustración de los cuatro viejos en simultáneo cuando su hija falla en posar con delicadeza el boliche sobre la pista. Cumple seis años en junio y es marzo. Debería interrumpir, irla a buscar, como hacen las madres cuando las personas en los espacios públicos se cansan de los niños ajenos. Decir: basta Florencia, dejá de molestar a los señores y llevársela de vuelta a la casa o prestarle la atención que una nena de su edad requiere. En cambio, camina un poco más, se aleja intentando contar la cantidad de líneas de las baldosas bajo sus pies, hasta que llega a la esquina. Su hija va a cumplir seis años y ya no tiene o no cree que tenga esos cinco mil euros que puso en la fianza del departamento. De los ahorros que alguna vez tuvo, ya no queda nada. Se distrae y se imagina que igual esa plata no es lo que era hace seis años, que no hay tanto que se pueda hacer con cinco mil euros o con diez mil para el caso. Que si quisiera viajar ahora le saldría más caro, que sus necesidades y sus gustos cambiaron. Que se le fue el tren, que el arroz se le pasó, que tiene treinta años. El día se apaga sobre las copas de los árboles que ya tienen hojas y ella vuelve despacio desde la esquina al banco. Levanta la vista buscando a su hija en la pista de petanca. Si no tiene respuestas a sus preguntas, al menos Florencia logra recordarle lo bueno y lo noble, un sentimiento de calma al que se aferra. Cuando hace foco y mira entonces hacia la pista los ojos le fallan porque no la encuentra. Relojea de punta a punta la plaza, aguzando la vista y otra vez y más a fondo repasa con detalle la pista y a los viejos. Los viejos siguen jugando con sus uniformes marrones de viejos, pero la nena no está. Grita el nombre de su hija mientras se acerca ahora corriendo al banco en donde antes estaba sentada. Las dos mujeres la ven acercarse, dejan sus teléfonos, alarmadas y como un reflejo suben a sus bebés en brazos mientras se acercan a ofrecer ayuda. Mi hija, Florencia, estaba ahí, alcanza a decir, antes de sentir la mano que se apoya en su hombro y la voz de Florencia que le dice: mama, mama, tranquila. Baja la vista y ve a la nena y reconoce el tacto o el peso de la mano de él sobre su hombro incluso antes de reconocerlo cuando por fin lo ve. Me quedé mal, las vine a buscar. Se arrodilla y abraza a su hija y llora primero mucho y luego menos. Las otras dos mujeres se alejan, vuelven a su sitio todavía aferradas a sus bebés, pero aliviadas de que la situación esté bajo control ahora. La nena aguanta un rato el llanto de su madre, pero se avergüenza, y pone distancia. Dice: mama estoy bien, estamos bien, basta mama. La suelta y Florencia pide permiso para ir a jugar y ella no quiere, pero él vuelve a ponerle la mano en el hombro. La nena corre con tranco ancho y torpe hasta el arenero donde están los otros nenes jugando. Él la abraza, pero los brazos de ella parecen dos sogas colgando de su cuerpo, no puede o no quiere devolverle el abrazo, no tiene con qué. Perdón, le dice. Por distraerme, por perder así a Florencia. No perdiste a Florencia, qué dices. Quería hablar, no quería asustarte, pero quería hablar y vine a buscarlas, no pensé. Es ella la que piensa entonces que él es así: necesita hablar y es ahora, con la urgencia de los que no reconocen más urgencia que la propia. No le responde. Si se le hubiese perdido Florencia, si la nena se le hubiese escapado mientras ella contaba las baldosas. No puede dejar de seguir la sombra del cuerpo de Florencia en el arenero mientras se pelea ahora con unos nenes por una pala y unos baldes. Se ve cada vez menos porque la tarde ya está cayendo y todavía no se encienden las luces del alumbrado público, pero donde ella no puede ver claro, la adivina. Recuerda que no está sola, que él está sentado al lado y que son dos los que están cuidando ahora a la hija que juega a pocos metros de sus padres. Se afloja, cierra los ojos y se apoya sobre su hombro. Él acerca su mano a la de ella y primero la roza, como pidiendo permiso y después, la toma con fuerza. De qué me querías hablar, dice por fin. ¿Me vas a dejar? Él parece desconcertado, divertido incluso. No, Florencia, no te quiero dejar. Es una oferta de trabajo, una posibilidad, pero sería irnos de Barcelona. Ella respira pero no está segura de que sea de alivio. Puede que lo que siente sea todo lo contrario al alivio. Dice entonces como si no lo hubiera escuchado: te imaginás que no la hubiésemos tenido, lo pensaste alguna vez. La verdad que no, no creo que tenga sentido pensar en esas cosas.

Avenida Rivadavia

Justo hoy se vino a acordar de Martín, después de más de quince años.

Su marido le pidió cambiar dólares alrededor del mediodía. A ella le pareció tarde llamar al cambista a esa hora. Estaba, además, el tema del paro. Desde temprano, las arterias de acceso a la Plaza de Mayo estaban cortadas. Sobre las once de la mañana, las diagonales y Avenida de Mayo ya eran un hervidero de gente con carteles, banderas y un entusiasmo que a ella le pareció exagerado. Igual llamó al cambista, le pidió la tasa, preguntó como a qué hora podría acercarse hasta Once. El cambista dijo que no menos de trescientos dólares, que estaba con lío y que si no había apuro lo podía hacer. Su marido quería cambiar doscientos. «Tiene que ser trescientos o más», le puso en el mensaje. «Por menos no va». «Ok», respondió él desde el departamento en Once. «400. Llego a casa a las 16:30». No entendió por qué de repente dobló el monto, pero sobre eso no dijo nada.

Es el cambista de su padre. En general, no se mueve por menos de quinientos pero si ella lo llama, sabe, el tipo le hace el favor. En día de paro general y movilización igual más que para agradecerle es para santificarlo. Eso y que hace un calor espantoso. No entiende cómo hace la gente para estar desde temprano al rayo del sol, saltando y cantando en la plaza. La atrae la imagen que le llega por la ventana. Ve un retazo, una porción del escenario y detrás del armatoste de andamios, un mundo de gente esparcida entre algunas porciones del naranja de las baldosas del suelo y, por momentos, el verde de los canteros. El cambista lo hace por el padre, pero también la conoce bien a ella. Escribe: «Es tarde 16:30, la calle va a ser un quilombo». Y agrega, antes que él le responda: «Me hubieras dicho que no estabas en casa». Piensa que es un inútil, que no puede reparar ni en lo más básico. Que el cambista no se acomoda a uno sino que al revés, que no es el mejor de los días para cambiar dólares. «No me parece una amoralidad pedir un horario», escribe él. Ella empieza a escribir un mensaje que no manda. Para qué. Pólvora en chimango. «Ahí te cuento qué me dice», y bloquea la pantalla.

Por qué no está en la casa. Debería estar trabajando, en la casa. Ella trabaja en el centro y él, casi siempre, desde la casa. A veces tiene que ir a una oficina en Palermo, a dar algunas clases, pero no en día de paro. El teléfono suena poco en la oficina, los ánimos están raros. Supone que al nuevo funcionariado no le cae en gracia un paro general tan pronto. Los mozos no llegaron a trabajar, la mitad de los empleados se juntaron en el hall del octavo piso y bajaron con bombos y platillos a la plaza. La otra mitad, no vino. Su compañera de la mañana llamó a eso de las diez para avisar que no llegaba. El jefe no se dio cuenta y ella no dijo nada. Está sola, y le preocupa qué van a comer. Debe estar todo cerrado. Además, el jefe es especial con la comida. Quizás sea de esos obsesos que piensan que la harina es veneno, pero todavía no le saca el punto del todo. Una opción es bajar a comerse un chori en la plaza con los manifestantes. El cambista le dice que sí, que puede, que hasta mejor pasar después de las cuatro de la tarde por lo del paro. Amoral es no poder cambiar cuatrocientos dólares un hombre adulto sin la ayuda de su mujer.

«Ok después de las 16:30». No es que le moleste que él pida favores o que no le explique por qué no está en casa. Le molesta que ya no sienta la necesidad de preguntar si ella puede, si no la complica. Cuando empezaron a salir ella limpiaba la casa para esperarlo, cambiaba las sábanas, pasaba la aspiradora. Le daba placer meterse con él en la cama limpia para ensuciarla juntos, y volver a cambiar las sábanas a la mañana siguiente. El entusiasmo de los comienzos o quizás una inclinación a compensar la falta. El psicólogo le diría que es por su madre muerta. Ella cree que, más que nada, le gustan las cosas de cierta manera y no de otra. Capaz él también era distinto, y lo que ahora da por sentado fueron en algún otro momento cuestiones de lo que se sentía agradecido, incluso honrado. Necesito esto. La cosa es en general algo que ella puede hacer mejor y más rápido que él porque conoce a la gente adecuada. Pero es por su padre. Es su padre el que conoce a la gente adecuada. Es su padre el que les compró el departamento de Once con los dólares que le compró al cambista, con la plata que heredó de su madre muerta.

Cuando compró la casa en la que viven llegaron juntos desde el departamento que su padre le alquilaba sobre Avenida Las Heras. En el taxi él trataba de esconder el tembleque de las manos poniendo una encima de la otra. Ella lo dejó estar, hizo el gesto y todo, pero sintió que ponerle sus manos encima era censurarlo. En la puerta de la escribanía él quiso fumar, le dijo ya subo, dame un minuto, pero a ella le pareció que en realidad le estaba pidiendo que se quedara, que lo absolviera. Me da vergüenza, dijo él, me muero de vergüenza de sentarme en esa mesa como si tuviera derecho. Casi llora, ella, de la emoción. Mejor, dijo, que te dé vergüenza es bueno. Habla bien de vos. Entonces sí le besó la frente, con una ternura no del todo casta y subieron juntos, agarrados de la mano ya sin tembleque. La escritura quedó firmada quince minutos después, con su padre sentado a la derecha y a la izquierda, él. Se casaron seis meses más tarde, sobre todo por la obra social. Ni siquiera se compró un vestido. Intentó, se fue al shopping del Abasto una mañana, pero todos los locales de ropa le parecieron mersa, se les notaba lo barato, aunque cualquier trapito costara un ojo de la cara. Sabía que hubiese sido mejor el Alto Palermo o el Patio Bullrich pero a ella la verdad es que le dio pereza. Se fueron a comer a una parrilla después del civil con los testigos. Se emborracharon, se emocionaron un poco y siguieron adelante.

Disfrutaba de sacarle el turno con la pedicura si se le encarnaba una uña, prestarle el auto y salir con sus amigos. Ahora no los tolera. Son unos inútiles, como él, que pueden citar montones de libros, pero son incapaces de tener un trabajo de oficina, corriente, como todo el mundo.

Cualquier trabajo de los que hace todo el mundo todos los días a él le resulta un sacrificio de orden mayor, piensa mientras se revuelve en la silla de la oficina, abrumada por la humedad que entra por la ventana. El aire no funciona, como hay paro, no lo prendieron. El jefe tiene uno para él en su despacho, pero a 37 grados y subiendo a ella se le pegan las piernas al cuero sintético de la silla. Él siempre se ha ocupado de la casa; lava la ropa, la espera con la comida, aunque lo que él cocina a ella no siempre le gusta. Es fanático de la panceta y no hay nada que ella aborrezca más que la panceta. Se ocupa, pero no está segura de que lo haga por las razones correctas. A veces no sabe cómo hablarle, cómo explicarle lo que siente sin caer en el reproche. Le fastidia también que se queje, que le resulte amoral un reproche. Aunque es él el del sueldo más alto ahora y también el que pone los dólares a fin de mes cuando a ella no le alcanza. Antes cogían más también o más bien distinto. Antes la necesitaba.

No sabe, no entiende, por qué justo hoy se vino a acordar de Martín.

Levanta el teléfono y marca la extensión con la que se comunica con su jefe. Iba a bajar a comprar comida. No es del todo descortés, pero sí le pregunta que para qué pregunta, si ella ya sabe, que vaya tranquila. Es que estoy sola. Entonces ahí entiende el jefe o más bien recuerda que el ruido de los bombos que llega desde afuera es por la marcha: paro general y movilización. Claro. Las otras qué. Vienen de Provincia. No hay colectivos, ni trenes, no pudieron llegar. Ella quisiera contarle que vino caminando, que tienen el auto en el taller, que se levantó más temprano y vino caminando desde Once. Pero el jefe no le pregunta cómo llegó. Andá tranquila, nada más levantá la derivación del teléfono, cuando volvés la ponés de nuevo. Usted quiere comer un choripán, pregunta ella, antes de que le corte. Todavía no hay confianza entre ellos y él nunca dijo: no me digas de usted. El jefe intenta hablar, pero ella insiste: no va a haber otra cosa. Es por esto, por entender dónde guarda razón para insistirle a un jefe impaciente, que es mejor en su trabajo que sus compañeras y que sus jefes siempre la prefieren por sobre las otras secretarias. Tenés razón, dice, fijate si hay hamburguesas mejor, sino el choripán está bien pero con el chorizo quemadito. Cuando baja son casi las dos de la tarde.

El rigor del sol parece tener a raya las veredas y las calles. Como si el calor estuviera haciendo un esfuerzo para no derretir absolutamente todo. En la sombra, entre los pasillos de mármol tipo galería de los edificios que dan a la plaza, la temperatura es agradable. Hay menos amontonamiento de gente que el que esperaba, se puede caminar y andar tranquila. Se está mejor en la calle que en la oficina. Avanza por Hipólito Yrigoyen y poco antes de llegar a la esquina de Diagonal Norte ve el humo que se asoma sobre las cabezas de la gente. Son dos parrillas improvisadas, una al lado de la otra. Se acerca y compara el producto. Elige y pide un choripán con chimichurri para llevar en una y hamburguesa simple en la otra. Le parece arriesgado pedirla con queso, huevo, completa. Paga tres mil pesos de su bolsillo. Mientras espera que se lo entreguen le manda otro mensaje al marido: «1220». «Ok», responde él. «Te avisa cuando está abajo». Decide no comer el choripán en su escritorio. Prefiere tener como testigos a las personas con remeras del sindicato de empleados del Estado que, mientras avanzan por las pasarelas de sombra que corren hacia el centro de la plaza, la ven de pie con su conjunto verde de lino impecable, haciendo equilibrio sobre el borde de un cantero, llevándose el sándwich de chorizo que escurre grasa y chimichurri a la boca. Mil doscientos por cuatrocientos, son cuatrocientos cuarenta y ocho mil. Casi medio millón de pesos.

Quiere preguntarle dónde está. Pero le parece un despropósito. Piensa, hace memoria, para qué puede querer la plata. Pasa por la cocina del piso antes de volver a su oficina y se lleva un plato, un par de cubiertos y una servilleta de tela. Toca la puerta del despacho del jefe y mientras él mira absorto la computadora, ella le deja la comida servida en la mesa de reuniones: una servilleta de tela, un par de cubiertos, un plato. Cierra la puerta del despacho, vuelve a su escritorio. Los rulos negros sobre la frente de Martín, los pantalones celestes de campana que tenía el día que lo conoció. Los labios, un exceso que parecía rebasar su propio límite. Su compañera de la tarde no llegó y sabe que tiene que avisarle al jefe y que es posible que él le pida que se quede. Se quiere ir, quiere caminar a casa mientras todavía hay luz por Avenida de Mayo hasta el Congreso. Piensa en usar el teléfono, pero decide tocar la puerta.

Levanta los cubiertos, los restos del pan de la hamburguesa sobre el plato, la servilleta. Sabe, se siente desde la oficina, que la concentración está amainando, que la gente en la calle se empieza a replegar. Quería saber si me necesita. Él no reacciona. Si me puedo ir, repite, que volver va a ser difícil. Parece estar a punto de hacerle una pregunta pero en cambio se rebate sobre la silla, la mira más concentrado. Insiste: le puedo dejar las llaves y usted cierra. Desde su silla ergonómica, los lentes negros de marco ancho asomándose desde el filo de la computadora detrás del escritorio; la mira como si de repente hubiese entendido. Tus compañeras no llegaron, pero vos sí, por ejemplo. Dame veinte minutos y salimos, yo te llevo a tu casa. Ella no quiere e intenta decirle que no, que se va caminando, pero él le hace una seña muda y la despacha.

Va a la cocina, enjuaga el plato y los cubiertos, repasa la mesada y la bacha. Se sirve un vaso de agua y se lo toma lento, mirando el teléfono. No sabe por qué su marido necesita a veinticuatro del mes medio millón de pesos en efectivo. No sabe por qué no está en la casa, dónde fue. Qué está haciendo. No entiende por qué él no siente la necesidad de explicarle.

No sabe tampoco por qué abre el buscador en el teléfono y tipea el nombre de Martín y su apellido. No encuentra mucho pero tampoco revuelve demasiado. Una foto en una pose que le es familiar, con los quince años que hace que no lo ve derramados sobre gestos que todavía puede reconocer.

Vuelve al escritorio y espera. Tiene ganas de abrir el teléfono y ponerse a buscar en redes sociales pero se aguanta. Pasan veinte minutos y después diez minutos más. Cuando está a punto de insistirle al jefe le vibra el teléfono. «Ya está, ya vino el cambista. Todo en orden». No le dice gracias, pero le avisa que el trámite está completo. Cuatrocientos dólares. Piensa, hace memoria. Piensa que sí, que definitivamente su marido se está cogiendo a otra. Que es probable que se vaya a gastar en ella el dinero que está cambiando con la ayuda del cambista de su padre.

Siente ruidos del otro lado de la puerta, el jefe se mueve. Suena su teléfono: «Avisale al chofer que ya bajamos». Apaga la computadora, las luces de la sala, ordena y cierra la ventana. Si se hubiese ido cuando ella quería, ya estaría en casa. Hubiese estado en casa para cruzarse con el marido y con el cambista. Cuando él sale del despacho ella ya está lista en la puerta con la llave en la mano para cerrar la oficina. Son las cinco de la tarde. Las lámparas del pasillo están apagadas pero la luz que todavía entra por las ventanas del pulmón del edificio permite distinguir las siluetas de los bancos de madera, los apliques de las luces y los marcos de las puertas. Una claridad apagada por el mármol y la humedad. En el estacionamiento, el auto espera sobre la explanada, con la puerta trasera abierta. Subí, le dice el jefe y ella sube. Él sube después. La intensidad del aire acondicionado la golpea. Vamos a llevarla a ella primero le indica al chofer. No es la primera vez que uno de sus jefes la lleva a su casa, pero es la primera vez que este jefe en particular la alcanza. Ella recita la dirección del departamento de Once. El coche arranca, sale del garaje. Los manifestantes se están desconcentrando por Paseo Colón, por todos lados. Van muy lento y en el avance el chofer hace sonar apenas la bocina como pidiendo a los manifestantes que se muevan, que les permitan seguir adelante. En pocos minutos tiene piel de gallina en los brazos y en las piernas. Está helada. Las personas dejan la calle entonces y suben a la vereda para dejar al auto pasar. Les lleva un buen rato dar la vuelta por el bajo y retomar por Avenida de Mayo.

El jefe va escribiendo mensajes o correos en el celular. En cambio, ella siente el peso muerto de su aparato en la cartera. Espía a su jefe por el rabillo del ojo; el traje azul oscuro brillante, el mechón de pelo lacio que le cae prolijo sobre la frente, los lentes de marco negro, descansando sobre la nariz. La luz de la pantalla del teléfono alumbrando para ella la concentración que se lee en el contorno de sus ojos detrás de los lentes. Mira por la ventana y distingue las siluetas de los cientos de chicos que caminan por la avenida mientras el auto avanza, primero muy despacio y después de cruzar el Congreso, cuando entran en Avenida Rivadavia, cada vez más rápido. Apenas más jóvenes que ella, apenas más jóvenes que su jefe, que su marido.

De la edad que ella tenía cuando conoció a Martín.

Livianos, tomando cerveza en grupos enormes. Camisetas deslucidas, consignas tontas. Cómodos en el tumulto, en el calor y la humedad de la ciudad. Se alisa en un reflejo la bermuda y descubre un círculo que puede ser una mancha de grasa, restos del choripán que almorzó hace algunas horas. Piensa en el cambista y le manda un mensaje de agradecimiento. «La calle es un lío, muchas gracias». «No pasa nada, estaba cerca».

Bellagamba, donde comían buñuelos de acelga recalentados en el microondas y tomaban cerveza Schneider de litro por cinco pesos. Martín. Preferían caminar, era el plan favorito y el más barato. Salir a caminar e ir parando en bares, confiterías, casas de amigos. Tomar una cerveza, un café, compartir un cigarro. Se le hizo una fascitis plantar caminando por Buenos Aires con Martín que tardó casi un año en curarse.

No vengas mañana le dice él mientras ella se apresta a abrir la puerta. O cuando quieras, no vengas. No señor, cómo. No vengas, tomate el día, escribiles a las otras y les decís que se organicen. Gracias por hoy y me decís después qué te debo del choripán. La hamburguesa piensa ella, pero no lo dice. Gracias, muchas gracias. No me digas de usted, tuteame, tenemos la misma edad. Ella sonríe y él sonríe también, apenas. Es un segundo o menos incluso porque antes que ella cierre la puerta del coche, ya está mirando de nuevo la pantalla.

La casa está impecable, pero el marido no está en el departamento. Prende el aire acondicionado, se sirve una soda fría y abre su computadora. La busca en internet. Tiene candadito. Se pregunta cuántas veces, si acaso, la chica habrá buscado su perfil para encontrarlo sin candadito. Cuántas veces se habrá detenido en las fotos en las que ella sonríe con él, tomados de la mano, mirando a la cámara. Escribe: «Dónde estás». Y después a una de sus compañeras: «Mañana te toca abrir la privada, yo no voy». Considera ir un rato al gimnasio, pero al final se abre una lata de cerveza. Son las seis y media de la tarde. Parece más chica que ella, seguramente es más joven. No puede ver nada más que ese redondel de colores alrededor de una foto mínima así que la googlea. Medio millón de pesos. Le cuesta verse a sí misma haciendo lo que está haciendo pero más que nada la aburre lo que encuentra. No hay nada, es una pobre piba normal, capaz becaria del CONICET, capaz secretaria en una obra social. Borra el historial de la computadora. Se levanta, decide poner a lavar la ropa, ordenar la casa. Cualquier cosa que no sea verse de repente revisando el perfil cerrado de la que, está casi segura, es la amante de su marido. Pero la ropa está lavada y la casa está en orden. La compañera responde que cómo, que ella mañana no tenía pensado abrir la privada, que tiene médico y la ve complicada, que le hubiese avisado antes. Que, si puede ella hablar con la secretaria de la tarde, a ver si pueden cambiar horario. «Te dije que no voy, arreglen entre ustedes».

Lo llama. Pero no le responde tampoco. Se cambia, se pone un short, se saca el corpiño y se calza las zapatillas. Agarra la cartera, las llaves, sale. Adónde. Camina por Corrientes, hacia el centro. Once también parece intervenido por la movilización y el paro. También por ahí se ven grupitos de personas cruzando la ciudad con banderas enrolladas y consignas en las remeras. Mujeres con nenes a cuestas, caminando hacia la estación para volverse a casa. Uno, dos tres, cuántos hijos. Está oscureciendo y la ciudad cambia de tacto justo a esas horas. Una cosa es la avenida, con su gente en situación de calle atrincherada en los cajeros y los niños que reparten estampitas, venden medias o piden dinero y otra las calles estrechas que cortan Corrientes. Lo que durante el día está lleno de gente y movimiento se vuelve turbio cuando falta la luz. Veredas mal iluminadas, la basura de los restaurantes haciendo pilas en las esquinas, los chicos inhalando pegamento contra los contenedores de reciclaje. Ojalá me violen y me maten piensa, ojalá me violen y me maten de la forma más espantosa y él se arrepienta toda la vida de no haberme contestado el teléfono.

La primera cita con Martín se tomó el 41 hasta la casa en la que vivía en San Cristóbal. Una casa que, se dejaba ver desde afuera, no estaba en buenas condiciones. Para ella, que nunca había cruzado antes Avenida Rivadavia, fue entrar al lado oscuro. Un deterioro consistente, un estado peor de casi todo. Las luces de calle no alcanzaban la penumbra de las esquinas, la basura se amontonaba a la puerta del Hospital Francés, casi no había policías después de pasar la estación de trenes. Los cartoneros interrumpían el andar de los colectivos y de los autos. Se bajó del bondi y caminó lento porque iba temprano, pero igual llegó veinte minutos antes de la hora que habían convenido. Dio una vuelta manzana y después otra y cuando estaba por dar la tercera se dijo que era peor seguir dando vueltas hasta que se hiciera la hora, como si fuera un crimen llegar temprano a un encuentro pautado. Cuando alcanzó la puerta no supo distinguir si el timbre estaba o no sonando y eso la puso nerviosa. Había varios timbres y los probó todos. Esperó un rato. Nadie le abría así que golpeó la puerta con los nudillos y después, para hacer más ruido, con la mano abierta. Estaba evaluando si mandarle un mensaje de texto cuando lo vio aparecer arriba de una bicicleta de carrera brillando por la esquina de Deán Funes. Lo divisó porque lo buscaba y lo vio de repente iluminado por el farolito naranja que irradiaba apenas un poco más allá de sí. Sonreía. Le gritó de lejos su nombre y cuando la tuvo cerca la besó primero y la abrazó después.

Suena el teléfono en el bolsillo delantero del short y se sobresalta. Su compañera de la mañana insiste: tiene médico y no puede, ella no podrá abrir mañana. Le va a hacer el favor de preguntar a la de la tarde si puede cambiar el horario. No le responde. Dobla entonces en Pueyrredón y encara para el lado de la estación. Plaza Miserere está iluminada y eso la tranquiliza, pero inmediatamente después, la densidad de la noche ya cerrada se vuelca del todo sobre ella ya al otro lado de Rivadavia. Que le va a hacer el favor de preguntar. Es una boluda, su compañera de la mañana es una boluda. No se aviva. No la ve. Sigue de largo, el calor ha amainado pero la humedad parece más intensa. Como si el sol permaneciera activo en el tacto. Tiene la cara y la nuca cubierta de transpiración, así que se amarra el pelo en un rodete tirante, alto en la cabeza.

Se acuerda de más cosas, no sabe por qué, pero se acuerda. Más que acordarse le vuelven ciertos momentos específicos, texturas más nítidas que sus recuerdos, como si en lugar de acordarse estuviera ahora caminando entre maniquíes que atestiguan su pasado. La vez que esperó a Martín treinta y cinco minutos sentada sola en el portal de un edificio, al lado de la estación de servicio que quedaba en Agüero y Santa Fe. Ella tenía la indicación médica de no caminar más de diez cuadras y estaba exhausta, pero si lo invitaba a su casa no estaba segura de ser capaz de pedirle que se fuera después. Hacía días que no le atendía el teléfono, simplemente no tenía la energía, apenas se estaba empezando a sentir mejor. Entonces se encontraron a mitad de camino entre uno y el otro. No aguantaba mucho parada, así que se sentó en la puerta de un edificio que le pareció de menor categoría, para que no la sacara carpiendo ninguna vieja guituda. Se acuerda que fueron treinta y cinco minutos y no treinta o veinticinco porque no lo podía creer. No podía creer que él la hiciera esperar en ese estado, después de haberla convencido para verse, insistiendo con encontrarse esa misma noche. Fue apenas un par de semanas después cuando ya recuperada del todo, volviendo de la casa de Martín, en el colectivo quieto en la parada de plaza Miserere, sobre la calle Bartolomé Mitre, que tuvo que reconocer que tenía que dejar de verlo, que eso no tenía arreglo.

Piensa que capaz debería decirle a su jefe mirá yo quise arreglar con mis compañeras, pero no hay manera. Sabe que una buena empleada no hace eso, no le traslada al jefe lo que deberían ser capaces de resolver entre ellas. La calidad de una secretaria se mide por la cantidad de veces que logra no interrumpir a su jefe, por todas las veces que su jefe no se entera de lo que pasa. Escribe en el grupo que tienen las tres: «Yo mañana no voy, Augusto ya sabe, abren ustedes». Una forma de zanjar el asunto. Decirle por el nombre, llamar al jefe, al que, hasta hoy todas, incluida ella, le decían jefe, por su nombre. Como para que quede claro que ella ya se acomodó con el nuevo funcionariado. «Ok, ahora vemos», dice la de la tarde. Siempre un poco más lista que la otra que directamente es una deforestada mental. Cosas de ser más joven, imagina. No darse cuenta de que patalear, hacer problemas por lo que no querés hacer, no te va a llevar a ningún lado.

Cuando llega a Humberto Primo dobla. Esas dos cuadras de distancia desde Jujuy hasta La Rioja siempre le han parecido una boca de lobo, la antesala a un lugar todavía más oscuro. Aunque es de noche, hace tanto calor que la gente sigue en la calle, dando vueltas, tomando el poco aire que corre. Hay nenes jugando en la calle, las verdulerías y las despensas están abiertas y cruzando Catamarca, sobre mano derecha, se encuentra a dos señoras sentadas en la puerta de sus casas con reposeras de playa, jugando a las cartas. Considera que no se ha cruzado por barrios sin luz aún y le parece raro, porque hace todavía mucho calor y porque en su manzana se viene cortando la luz una vez por semana, desde hace más de un mes. En definitiva, le sorprende, siempre le ha sorprendido que el otro lado de la ciudad, la ciudad un poco más pobre o mucho más pobre, la que queda del otro lado de Avenida Rivadavia, mal iluminada, deslucida, descuidada, no se venga abajo, no colapse del todo. Le sorprende que esa vida que se parece a la suya, pero degradada, resista al tiempo y a los cambios y a las crisis y a los veranos con la misma constancia y quizás una alegría de la que ella se siente incapaz.

Él no ha llamado ni le ha respondido los mensajes cuando llega a la puerta de la casa que fue de Martín. Entre Deán Funes y La Rioja, Humberto Primo 2979. Llegó a tener la llave, a entrar y salir como si la casa fuera suya. Tuvo la intención de hacerla un lugar mejor: cambió los focos de algunas lámparas y apliques, limpió el baño muchas veces y también los muebles de la cocina. Le compró un acolchado para la cama y le regaló almohadas. Aunque quizás y ahora que lo piensa, todo eso, lo compró para ella. Recuerda la reja inmensa, amarga y pesada que cubría el patio de la casa al que daban todos los cuartos menos el de adelante, el que tenía ventana a la calle, que había sido de una chica que no trató mucho, pero que se fue de un día para el otro. Ella también se fue de esa vida y esa casa de un día para el otro, como quien se va a mitad de una frase.

Cuando eligieron el departamento de Once, tenían otras opciones. Habían visto un par de departamentos que también le gustaban en otros barrios, más tranquilos, más barrios. Había uno en Palermo, a la vuelta del Hospital Güemes y otro más lejos, en Villa Crespo, a pocas cuadras de Ángel Gallardo y Estado de Israel. Su padre sobre todo prefería un barrio, más residencial, más a resguardo del quilombo de la Capital. Pero a ella le gustó más el departamento de Once. El barrio, también. Los restaurantes peruanos uno al lado del otro, las sinagogas, los vendedores ambulantes que exhibían las cadenitas de oro colgando de sus brazos fibrosos. Que estuviera cerca del centro, en el medio de la ciudad, en ese límite raro entre el Abasto y Balvanera, del lado mejor de Rivadavia, pero cerca del borde. El ruido, el amontonamiento que produce ser un área de tránsito, desde o hacia, le compraba otra cosa; quizás una autenticidad fea, pero incapaz de volverse otra cosa que sí misma. El departamento además era fantástico, aunque un poco grande. No necesitaban tantos metros, si lo único que hacían era pasársela en la cama, mirando la tele, pidiendo delivery y cogiendo. Pero no lo tuvo que pensar mucho. A él, en realidad, le daba un poco igual y la plata era de ella. Se dijo que ese departamento era una mejor inversión, que eventualmente Once también se iba a poner en valor. Tuvo razón, porque ahora el departamento vale bastante más que cuando lo compraron, hace cinco años y ella no se imagina viviendo en ningún otro lado que en su casa.

Martín siempre había tenido otras minas. No es que un día ella lo descubrió, más bien siempre lo supo. Preservativos usados en el tacho de basura de su cuarto, llamadas a deshoras que siempre atendía, sin explicación ni concesiones. No le mentía. Cuando le prestaba toda su atención ella se sentía vista de una manera distinta, como si alguien por primera vez la mirara, le confirmara que su existencia era un regalo. Se sienta ahora en la vereda, frente a la casa que fue de Martín. Saca el teléfono de nuevo, con cuidado porque no quiere que le roben. Googlea otra vez su nombre completo y se interna un rato en la internet buscando algún dato. Qué fue de él. Qué hizo con su vida. No sabe nada, nunca más supo nada. Ella se dijo esa noche en el colectivo detenido en Plaza Miserere que ya estaba, que no tenía arreglo y que, en definitiva, quererse o no, importaba poco si el tipo no le convenía. Lo que había empezado como una aventura, un salto de fe hacia el otro lado, por pura diversión, se había vuelto un estado de ánimo pesado, una tristeza consistente que amenazaba con arruinarle la vida. Ya se había embarazado de él y había abortado, y seguía cruzando la ciudad hasta la casa de Humberto Primo cada tanto a buscar lo que parecía habérsele perdido ahí. Algo como el impulso que la había hecho coger sin preservativo con un tipo que, ella sabía, se acostaba con otras mujeres. Probablemente también sin preservativo. Ni él ni ella estaban cómodos del todo, ya no caminaban por ningún lado, más bien se miraban con desconfianza desde distintos rincones del cuarto. Incapaces de soltarse, aferrados a lo que el otro traía: el otro lado de la avenida, la aventura, lo distinto.

Tiene todavía el teléfono en la mano cuando empieza a vibrar y es su marido, llamando. Acabo de llegar, dónde estás. Pudiste volver bien del centro. Dónde estás vos. Llegué a casa y no estabas, no estuviste en toda la tarde. Fui a la marcha, estuve en la marcha con los chicos. A la marcha a qué. Dónde estás vos me querés decir. Salí a dar una vuelta, pero ya estoy volviendo. Dejaste el aire prendido. Ya te veo y hablamos. Camina hasta San Juan, imagina que de ahí es más fácil tomarse un taxi, como si hubiera vuelto atrás en el tiempo, quince años atrás de repente, en un segundo. Se da cuenta que puede pedirse un Uber, un Cabify y lo hace. Otra vez vuelve a cruzar la ciudad, en un estado de oscuridad más espeso. Hay menos gente, menos coches, los locales están casi todos cerrados. El auto agarra por 24 de Noviembre y antes de que pueda darse cuenta ya está en la puerta del departamento y se baja. Cuando sube él la está esperando en el living, con el aire prendido y una cerveza. Cenaste, le dice. No, no comí nada. Bah, me comí un choripán al mediodía en la oficina y nada más. Querés comer, te hice tarta de atún y te puedo preparar una ensalada. A ella le gusta la tarta de atún. No le gusta exactamente como él la prepara, pero es una de las comidas que más disfruta de comer entre semana. Se concentra: para qué cambiaste cuatrocientos dólares, ibas a cambiar doscientos después cuatrocientos. El auto, pagué el arreglo del auto. Te acordás. Me pediste que me ocupe. Hace silencio, y después, sí, claro. Sí, un pedazo de tarta está bien, no quiero ensalada. Me voy a duchar antes estoy toda transpirada. Dónde fuiste. Nada, a caminar, me puse nerviosa. Se interna en el baño y vuelve al teléfono. Cuando desbloquea el aparato se encuentra otra vez con la foto de Martín. Cierra la ventana del buscador y le manda un mensaje a sus compañeras de oficina: «Ya resolví, mañana abro yo. Mil disculpas por las vueltas y muchas gracias».

Tsunami

Reina llegó a Lorenza como una ola; el derrame del mar sobre la costa, la arena marcada por la huella del agua que sale y que entra constante sobre la playa. Estaba cansada de los tipos, del desajuste del ánimo y de la ansiedad. Esto era cálido y era fácil. Como una ola de agua tibia, pero en un páramo alejado de la playa, a cientos de miles de kilómetros de la costa de un lado y del otro. Sin angustias, sin sobresaltos. Reina en lugar de restar o interrumpir, sumaba y en el pueblo tampoco es que hubiera otra cosa.

Lorenza fue la última profesora en llegar y Reina llevaba ya algún tiempo. Se conocían de la universidad, habían estudiado la misma carrera y tenían amigas en común. De hecho, fue gracias a Reina que Lorenza supo del puesto en Merlow City. Suponía, Lorenza, que Reina lo sabía. De su perfil en redes había sacado los detalles de la convocatoria. Las dos eran lectoras de español y enseñaban la lengua. Tenían también sus investigaciones doctorales y los cursos para dar sus especialidades que se abrían semestre sí, semestre no. Reina además traducía. Cuando al inicio del semestre Gemma, la jefa del departamento, presentó a Lorenza como la nueva, Reina la adoptó al instante. Le brindó toda la información que ella había ido acumulando y le ofreció su ayuda: lo que necesites, me llamas.

Se cruzaban en los pasillos del college, también en los del Target de Washington St. Se cruzaban en la calle a veces y en el gimnasio. Lorenza hacía elíptica, tres veces a la semana, mientras leía. Una cosa rara que solo podía hacer ella: sostener un libro en la mano mientras se movía arriba de la máquina. Reina levantaba peso casi todos los días. Decía que se estaba preparando para una menopausia que le iba a llegar temprano. Vivían a pocas cuadras y empezaron a quedar para ir juntas cada sábado al Trader Joe's de Simonville. También al Cotsco a comprar papel higiénico, productos de limpieza y las hamburguesas congeladas que eran las mejores de la zona. Era Reina a quien Lorenza iba a buscar para que le despejara todas sus pequeñas dudas. Por ejemplo, el asunto de las iglesias. A vuelo de pájaro la primera semana en el recorrido que hacía para ir al trabajo, al gimnasio y a hacer las compras, había contado más de una docena.

No sé qué hubiera hecho sin ti Rei, le soltaba Lorenza por mensaje de texto cada que algún tip le resolvía algún incordio. Por ejemplo, si esperaba que la operadora le diera la opción, siempre podía hablar en español con un representante para casi cualquier trámite. Internet, el número de la seguridad social, los reclamos por los descuentos en el payroll.

Las cosas chiquitas en las que se sentían un equipo fueron primero, antes. Para cuando empezaron a acostarse ya habían inaugurado una vida juntas.

Se pusieron borrachas un jueves con un vino caro que una cita fallida había dejado en casa de Lorenza. Todavía no había empezado el frío pero Lorenza intentaba hacer acopio para el invierno.

He salido de mi cama, en medio de la noche en invierno, a esperar un bus para llegar hasta una fiesta en donde estaba un tipo con el que podía terminar follando o no. Ahora me dicen algo que me parece raro y me levanto y me voy.

Entonces Reina le preguntó si no le gustaban también las mujeres y Lorenza dijo que sí, que había tenido una novia que había querido mucho el año que pasó en Berlín.

En realidad, soy más de las personas, de sentirme atraída a una manera de ser.

Tiene nombre eso dijo Reina, pero Lorenza no la dejó terminar.

Sarina. Se llamaba Sarina, bueno se llama, mi novia de Berlín, digo.

Reina intentó esa noche que Lorenza la acompañara al bar en donde iba a encontrarse con otras profesoras de la universidad, sin suerte.

Hoy no cariño le soltó en el aire mientras se desplomaba con los ojos vidriosos sobre el sofá verde de pana.

Reina no insistió. Esa noche se despidieron en el portal de la casa con un abrazo y cuando se separaron, Lorenza usó el pelo largo suelto en el viento como un escudo; no estaba segura todavía de empezar lo que ya estaba empezando.

Pasaron toda la semana siguiente coqueteando. Cuando Agustín Adrián Astudillo –la triple A–, el profesor de clásicas y único hombre de todo el departamento, se estiró hablando en la reunión operativa de cómo había que restringir el uso de la fotocopiadora, se hicieron caritas la una a la otra desde las puntas de la mesa. Lorenza no podía decir si de verdad gustaba de Reina pero disfrutaba de ser mirada así. Sabía, por ejemplo, que en el momento en el que ella se separaba de la silla para servirse café o ir al baño, Reina la estaba observando, inquieta, preguntándose, aunque no fuera más que por una milésima de segundo, dónde es que iba.

Cuando por fin se besaron fue más bien raro; sabían a lo que iban y esa certeza las ponía tímidas. Pasaron por el supermercado a comprar pizza y helado, llegaron a casa de Lorenza, cenaron y cuando Lorenza avisó que se iba a acostar le preguntó a Reina si quería meterse en la cama con ella. No esperaban, ninguna de las dos, que la cosa fuera a ir muy lejos esa primera noche. Pusieron una película que las dos querían ver y se abrazaron enredadas en las cobijas. Los interludios entre los besos, cada vez menos castos, empezaron a achicarse. Lorenza contó mentalmente las semanas que hacía que no tenía sexo y pensó en Sarina, en si sería capaz de acordarse cómo. Se dejó hacer y cuando sintió las manos tersas de Reina sobre el borde de su calzón respiró más fuerte. Su último novio, el tipo que había dejado para irse a enseñar español a Merlow City, no le había comido el coño en meses, quizás años. Fue sentir la lengua entre las piernas y contenerse para no apretar la cara de Reina contra ella. No tuvo que hacer mucho, el orgasmo llegó pronto y entonces cambiaron de frente.

Los pequeños acuerdos, favores domésticos que se concedían una a la otra, se fueron amontonando. Se pasaban las presentaciones y los ejercicios de los distintos niveles de español, se ayudaban con la preparación de los pedidos de becas y subvenciones y se ponían de acuerdo para hacer frente como bloque a las negociaciones dentro del departamento. Reina era una docente más experimentada y podía elegir, entonces acordaba con Lorenza los niveles y los horarios que prefería y se aseguraba de preparar el terreno para que su pareja se quedara con las primeras clases de la mañana, ocho y media, que la dejaba libre de obligaciones en el campus a las once.

Trabajaban por separado, en los espacios designados para los lectores en la sede principal de la biblioteca o en los escritorios de sus casas pero hablaban mucho mientras y compartían el grado de avance de cada una en sus propios pendientes. Se mantenían al tanto, informadas, de los pendientes que iban tachando en sus quehaceres, de las victorias chiquitas y de sus planes para el futuro.

Me invitaron a un congreso en Carleton College.
Quiero ir a Nueva York en octubre.
En verano me gustaría trabajar desde la playa.

Ninguna de las dos era especialmente doméstica pero a Lorenza se le daba mejor cocinar. Así que cocinaba y le dejaba en la sala de profesores un tupper con almuerzo a Reina. También la ayudó a elegir y montar un librero para la oficina, a ordenar después los libros y a acotar el universo de lecturas para el paper sobre Rocinante que estaba escribiendo. Reina le fue explicando lo que sabía de los distintos tipos de iglesias que había en esa parte del país. Por lo menos las que conocía y podía identificar y juntas fueron averiguando detalles de las que no sabían nada: las anglicanas, las anabaptistas, las metodistas. Se enteraron gracias a Lucy, la comisaria de literatura internacional de la biblioteca, un mujerón de sesenta años que hablaba bien el español y que llevaba toda la vida en el pueblo, que algunos de los edificios en donde funcionaban nuevas iglesias católicas habían sido, hasta finales de los años sesenta, conventos de monjas. Lucy les contó que cuando llegaron los años de la revolución sexual, los conventos habían cerrado, esas propiedades habían sido reutilizadas por las iglesias y muchas de las ex monjas se habían quedado en la ciudad viviendo en pareja con sus amantes.

No fue instantáneo pero tampoco se demoraron en armar una pequeña cofradía: Reina y Lorenza contra los fantasmas de un pueblo quieto. Paseaban juntas los domingos al atardecer por el cementerio y se cruzaban con otras mujeres, casi siempre más grandes, que como ellas salían a caminar entre las tumbas tomadas de la mano.

El sexo también fue cambiando, volviéndose un terreno menos púdico y, poco a poco, la secuencia coreográfica que habían establecido como una carrera al orgasmo, se fue ablandando. Reina era menos de quedarse en la cama esperando que las cosas volvieran a armarse después de follar, pero fue cediendo a pasar más tiempo retozando y Lorenza empezó a encontrarse de repente más atraída hacia el cuerpo de Reina. Ya no pensaba en el novio que había dejado ni en los anteriores, no pensaba en Sarina tampoco, sino en las cejas espesas y los hombros anchos de Reina, en los músculos inflamados de los bíceps cuando tenía sus dedos dentro. En que cuando se tocaban se le aflojaba el rodete que siempre llevaba alto en la coronilla y la cara se le cubría de rayitos de pelo negro perfectamente serenos.

Compró por Amazon un strap-on aun cuando desde afuera podría haber parecido que ese rol le correspondía a Reina y empezó –Lorenza– a disfrutar de lo que no sabía que tenía: la capacidad de someter a su amante, de empujarla con fuerza sobre la almohada. Disfrutaba de ese desajuste, del hecho de que fuera ella quien tuviera dentro el ansia para gobernar en el reino de la intimidad. El vaivén de un vínculo del que no esperaba mucho, casi nada, cumplía en mantener la consistencia húmeda de la arena, dar alivio a los pies exhaustos y espolvorear con brillitos los días de frío en un pueblo en el que en el invierno todo se moría.

Cuando Reina ganó una beca de traducción que la iba a llevar un semestre lejos de la universidad, Lorenza se encontró a sí misma arisca algunas mañanas. El departamento le celebró el logro. Hicieron una pequeña ronda de aplausos en su honor en la reunión operativa y todas le dedicaron algunas palabras de aliento y felicitación. Gemma hasta la invitó a almorzar. Ella se puso contenta, la felicitó, se sentía orgullosa pero si Reina tardaba más en responder un mensaje o si, cuando estaban con gente, hablaba de planes que no la incluían, algo le picaba.

Voy a comer con Gemma y Fabiana el próximo jueves.
Tengo una convención en Omaha esa semana.
Este finde quiero quedarme en casa.

Decidió que ni siquiera tenían que hablar, no se reconocía en esa inflexión, en unos celos descosidos que no venían a cuento y que hablaban mal de ella. Así que se repuso, no faltó ni un solo día al gimnasio e hizo más minutos de elíptica por algunas semanas, dio largos paseos sola por el cementerio tratando de ubicar el origen de esa sensación amarga e intentó brindar su mejor versión a su compañera que tanto la había ayudado a encontrar la calma.

Tuvieron un par de semanas espesas. Reina también lo notó pero aun cuando preguntó en algunas oportunidades si todo bien, no insistió cuando Lorenza le brindó evasivas como toda respuesta. Volvieron a la rutina, al remanso de agua tibia que sabían que podían ser. A contarse la vida y discutir sus decisiones, a planificar el futuro. A tener sexo con una profundidad controlada que a veces Reina concedía en estirar como en sus mejores encuentros y, en otras ocasiones, se sacaban de encima el orgasmo como un trámite. Un chapuzón en un verano ardiente. Se despidieron en diciembre en tablas; no eran las que habían sabido ser pero estaban en paz. Encomendaron, en silencio, su relación a la providencia y partieron a pasar sus vacaciones por separado.

En enero Reina se instaló en una residencia de traducción en el norte de Suecia. Desde ahí le mandaba fotos por Wapp a su amante en donde a veces se retrataba desnuda frente a la ventana contra la que traducía todos los días. Desde esa ventana se podía apreciar un bosque frondoso, parcialmente cubierto de una capa blanca intensa que irradiaba luz sobre su cara. Hablaban menos que cuando estaban en Merlow City. Lorenza se sentía incapaz, torpe y a veces fría con las imágenes en las que Reina se ofrecía a ella. Se encomendaba a largos votos de silencio y se repetía que era para darle espacio.

El regreso de Lorenza a la ciudad fue accidentado. Pasó dos días varada en un aeropuerto del sur del país a causa de una ventisca que suspendió más de la mitad de los vuelos comerciales. Estaba desesperada por volver a su casa, pero cuando cruzó la puerta, se encontró de repente encerrada entre montículos de nieve que, dadas las bajas temperatura, se habían transformado en hielo macizo. Estaba lejos de Reina, muy muy lejos del mar y desangelada.

No podía salir a caminar, durante varias semanas pasear fue imposible porque hacía demasiado frío. Las calles estaban congeladas y el riesgo de caerse y lastimarse en el hielo era alto. Después de haber probado la calidez de la vida con Reina no sabía muy bien dónde colocar la ansiedad de encontrarse sola en su mundo. Se debatía entre poner todo en pausa, esperar hasta que regresara o hacer ajustes más sustanciales. Sobre todo la tomó por sorpresa su propia necesidad; el hecho de que, en tan poco tiempo, se hubiera aferrado a su presencia como a un mapa que te guía por el camino.

Tuvo suerte en el reparto de clases ese semestre y le volvió a tocar la primera mañana, tal vez como última concesión por haber sido abandonada. Iba sola al Trader Joe's los sábados, a la lavandería los domingos y dejó de ir a Costco por hamburguesas y papel higiénico barato. A veces mientras cargaba el coche con los canastos de la ropa o bajaba las bolsas con la compra podía ver al otro lado de la calle, en la esquina, en la casa de enfrente, una pareja de mujeres mayores hacer lo que ella estaba haciendo pero acompañadas. Después de enseñar, en lugar de volverse a su casa, iba al gimnasio. Ya no leía arriba de la elíptica. Empezó a correr y después de correr, se metía por lo menos diez minutos al sauna seco. Ahí a veces estiraba la mirada hasta los chicos con los que compartía el tiempo de sauna. Casi niños, que podían ser sus alumnos, que quizás lo fueran el próximo semestre. Se acordaba de Sarina más que de Reina, de las zonas marcadas para el cruising en el Mauerpark, de los martes en el Mobel Olfe. Cuando llegaba a casa se masturbaba furiosa con el strap-on y a veces, después de correrse, lloraba lágrimas gruesas que parecían no venir de ningún lado. Algunos días hablaba un poco con Reina pero a la distancia la conversación no encontraba entusiasmo. Se repetían los eventos del día la una a la otra y se cansaban a los pocos minutos. Eso que llegó a ser una rutina, le aplacaba el caldo en ebullición que tenía dentro. Le permitía trabajar después y la dejaba dormir de noche.

El viernes nos juntamos en el bar de Moe si quieres. Nos juntamos casi todos los viernes, le dijo Gemma, mientras cerraban la reunión y terminaban de subirse las camperas y ajustarse los guantes. Lorenza sonrió por entre el hueco que dejaba el gorro y el cuello de la parca.

Vente, no seas huevona. Que el invierno es largo y las compañeras son buena gente. Te va a venir bien hacer amigas nuevas.

Cuando llegó al bar la noche siguiente el grupo ya estaba arrumbado en una mesa cerca de la puerta. Saludó primero pero fue directo a la barra, pidió una cerveza liviana de las que servían on tap, dejó su tarjeta y la cuenta abierta. Una vez sentada se fue desprendiendo de las múltiples capas de ropa. La conversación estaba encendida. Todas estaban chispeantes, quizás ya borrachas. Lorenza miró la hora pero no había llegado excesivamente tarde. Sentadas a la mesa estaban Gemma, Fabiana que enseñaba francés y daba las asignaturas del Caribe, Nicola una venezolana díscola que a veces se cruzaba en el gimnasio y que, hasta donde Lorenza sabía, no pertenecía al departamento y Yael, una judía argentina, más joven que el resto que había estudiado la maestría en traducción y había logrado que la contrataran porque además de español, enseñaba hebreo.

Lorenza saludó, una por una, cruzando una mano sobre la mesa o irguiéndose para darles un abrazo incómodo.

Fue Fabiana la que, una vez cumplido el ritual de saludo, chilló en voz grave: chica, se tenía que ir tu luna para que salieras una noche con nosotras. Como es la Reina eh. No las suelta. ¿Guaro?

Sobre la banca de madera en la que estaban sentadas Fabiana y Gemma, descansaba una botella de aguardiente antioqueño.

Colombia for export, soltó Fabiana cuando la vio mirando la botella y sonrió con toda la cara. Que no te vea el muñeco que atiende que una vez me sacaron la cantimplora y luego no me la querían devolver.

Decidió que se iba a emborrachar con las profesoras. En realidad ya lo había decidido en el momento en el que dejó la tarjeta en la barra o incluso antes, cuando salió de su casa sin su teléfono después de haber pasado un buen rato stalkeando en internet a las compañeras residentes de Reina en Suecia. Al segundo trago de guaro, se soltó como una cadena de bicicleta mal ajustada y primero escuchó los chismes del pueblo y después preguntó por los rumores del departamento. La conversación se enredaba en los recortes del presupuesto que ya era el más chico de toda la faculty, el hecho de que cada vez era más difícil dejar de ser lectora y pasar a ser profesora asociada. También se paseaba con eufemismos por asuntos menos sosos como quién se había acostado con quién a lo largo de los años. Le terminaron haciendo un resumen de la cuestión que incluía relaciones y cañitas al aire. Resultó ser que Nicola, allá lejos y hace tiempo, había tenido un amor profuso con la triple

A –Agustín Adrián Astudillo–, el señor quieto y corriente que inspiraba los bostezos de todas en las reuniones.

Ahora es que lo ves así todo amargado pero hace veinte años ese hombre me tenía arañando las paredes, con él llegué aquí.

¿Llevas aquí veinte años?

Así es cariño, veinte años. Igual Gemma y Fabiana tienen sus años aquí.

Yo trece, dijo Gemma.

Once años enseñando en Merlow City y no parece que me vaya a ir nunca.

Yael es como la más nueva, después de ti claro.

Tres años.

Y Reina que lleva cinco, seis al final del semestre.

Descubrió, Lorenza, que Nicola vivía con su marido y tenían dos hijos, que Yael era soltera y vivía sola y que Fabiana y Gemma llevaban muchos años viviendo juntas, como pareja.

Una pila de años, ¿no, amore?

Una parva de años cariño mío.

Era tierra arrasada esto, no había nada, ni el Target ni nada.

Bueno estaban las monjitas nada más y la triple A.

¿Las monjitas?

Tú sí sabes el cuento ese de los conventos ¿no?

Los que son iglesias ahora.

Siempre fueron iglesias, o sea además de las iglesias, ahí funcionaban conventos.

Y en los sesenta con todo el flower power y la píldora, las monjas salieron en masa de los conventos y los conventos tuvieron que cerrar.

Y se quedaron a vivir aquí, se restablecieron.

Como parejas, muchas de ellas.

Lesbianas.

Siguen aquí.

¿No las has visto?

Lorenza se dio cuenta de que sí, que las había visto. En el cementerio cuando paseaba por ahí con Reina en la tarde los domingos, las señoras grandes tomadas de la mano frente a la escultura del ángel negro o las vecinas que a veces cruzaba mientras cargaba y descargaba su coche. Las señoras mayores que estacionaban sus SUV en los estacionamientos gigantes del Walmart y arrastraban por el cemento hasta la puerta del hipermercado los carros los sábados en la tarde.

¿Y tú por qué nunca habías venido?

Bueno, nunca me habían invitado.

Bullshit. La Reina siempre acapara a las nuevas.

¿La extrañas?

¿A Reina?

Quiso decir que sí, que le hacía falta la sombra de su cuerpo moviéndose alrededor, que la necesidad de Reina era física, que se castigaba en su fuero interno por haber llegado a depender de alguien tan nuevo. No habían pasado tanto tiempo juntas y nada en la comunión con Reina era extraordinario, pero justo por eso, por esa calma, por saberse de repente privada de una compañía de la que no sabía que era capaz, la vida sin Reina se le hacía cuesta arriba.

No sé, supongo que sí. ¿Ustedes?
Nosotras qué.
Si la extrañan.

Se hizo un silencio y Lorenza quedó suspendida detrás de un vidrio brumoso de guaro y cerveza. Había perdido la cuenta de cuánto había tomado. Tuvo ganas de llorar ahí delante de sus compañeras de trabajo pero recordó que también eran las compañeras de trabajo de Reina. No sabía hasta dónde esa mesa de mujeres en un bar en medio del invierno no era otro espejismo, una falsa calma.

Como que me dio hambre.
¿Hambre? Aquí hacen unas hamburguesas espantosas. Pídete una.
Casi no se pega al intestino el queso radioactivo que le ponen.
Te va a hacer bien, pídete una hamburguesa, estás pálida.
Sí extraño a Reina.
Yap. Normal hija, todo el día pegadas.
Ya deja a la cabra en paz Fabiana, qué te importa a ti.
Hija bueno, que lo que digo no es nada del otro mundo, que está bien culear pero las amigas son importantes también, ¿no cierto?

Brindaron por las amigas con guaro una vez más a escondidas del camarero que relojeaba desde la barra buscando encontrarlas en infracción. Como si supiera que el tema del guaro era una práctica corriente del coro de señoras que todos los viernes se sentaban en alguna de las cabinas de madera a beber cervezas de cinco dólares. Lorenza pidió su hamburguesa. Mientras esperaba, se levantó a la barra por un vaso de agua y, una vez de pie, decidió salir a fumar un cigarrillo. Casi no fumaba pero a veces, cuando bebía, le gustaba interrumpir la nube del alcohol con un humo distinto, más táctil. Las chicas cuchichearon pero ella desarmó el chisme con una seña.

Estoy bien, estoy pedo nada más, voy a salir a que me dé el aire frío un segundo. Vuelvo enseguida.

La única otra fumadora de la mesa era Yael que se ofreció a acompañarla. Se abrigaron y salieron. Lorenza se apoyó contra la pared apenas, aturdida y sintió el cansancio del día; los cinco kilómetros que había corrido en la mañana, las dos horas de clase que había dado antes de correr. Yael le puso un Marlboro mentolado en la boca. No era la noche más fría de la semana pero la temperatura estaba varios grados debajo del cero. Lo peor no era eso sino la certeza de que seguiría bajando, que las muchas horas sin luz por delante todavía podían volver el páramo del pueblo un territorio más gélido. Tenían que fumar rápido y Lorenza se dijo que la noche ya estaba hecha, que después de comer la hamburguesa que había pedido, se iría a su casa. Que no era buena idea seguir bebiendo mientras la temperatura bajaba si iba a volver caminando. Se desprendió un guante para no llenarlo de olor a humo. Yael se puso de frente a Lorenza y le encendió el cigarro.

Compartamos dijo y después de la primera pitada se lo sacó de la mano y se lo llevó a la boca. Aspiró ancho y soltó humo mezclado con el vapor que el aliento caliente armaba en la noche. La miró, se acercó. La atrajo contra sí y le mordió la barbilla.

Lorenza no quiso ir a casa de Yael, tuvo que hacer memoria, recordar si había lavado y guardado el strap-on o si solo lo había lavado y lo había dejado a la vista en el baño. Decidió que no importaba.

Yael era tosca y era fuerte y puso a Lorenza encima suyo en figuras en las que ni Reina ni Sarina la habían puesto. Lorenza no la hubiera dado por lesbiana. Antes de esa noche, antes incluso del cigarro en la puerta del bar de Moe, ni siquiera la había mirado. Cuando llegaron al departamento de Lorenza, Yael se enganchó el strap-on en dos movimientos y no se sacó la camiseta. El sexo con Yael era agudo y era explícito, doloroso y, por momentos, francamente violento. Pero la descarga llegaba como si algo dentro se le estuviera desprendiendo. Una euforia sorda, un sentido de absoluto que Lorenza solo había experimentado en el sexo con hombres. No tenían nada en común, no leían los mismos libros, ni estaban cómodas compartiendo tiempo. Lorenza veía en Yael una brutalidad peligrosa, fea y cuando la escuchaba hablando del servicio militar en Israel salía eyectada de la sala. Sin embargo la añoraba, se encontraba a mitad de un día de trabajo vibrando sobre la silla con los recuerdos que, como fogonazos, le llegaban de a ratos a la cabeza. Era angustiante desear a alguien tanto, esperar todo el día a que apareciera, que le diera indicaciones de cómo, cuándo, de qué manera.

El tiempo que antes pasaba añorando a Reina, el remanso de la vida con Reina, la comparación constante de los momentos sola con los momentos que había compartido con Reina, se volvió irreal, una impresión borrosa en la distancia. La abundancia que había sentido despertando a su lado mientras Reina leía en la mañana de un sábado, dejó de ser importante. Por comparación, por pura materia. O estaba dejándose follar por Yael o estaba esperando que apareciera. Nunca una comunicación que no tuviera que ver directamente con el encuentro. Lorenza intentó virar ese tono tan específico, tan cerrado. Quiso abrir otras posibilidades, explorar la ternura; por ejemplo, salir a caminar con ella cuando el hielo ya se había derretido o comer juntas en el buffet de comida india en el que almorzaba algunos viernes. No es que Yael estuviera contra esa posibilidad sino que sencillamente no estaba en ellas la capacidad de amarse así. Sentadas una frente a la otra con una mesa de por medio no tenían nada que decir.

Entonces empezó a pensar, Lorenza, en la posibilidades de los vínculos. En lo poquito que hay en la plenitud. En que en el centro de las cosas hay un vacío y que dentro del vacío hay otra cosa. El sexo pleno no se abría a la ternura y la ternura la separaba del arenal que podía llegar a sentir cuando se colocaba, a pedido de Yael, en las poses más inconfesables. Qué hay mar adentro, qué es el amor. En el college era probable que nadie se diera cuenta. Yael parecía imperturbable pero Lorenza sabía que Gemma y Fabiana eran dos sabuesos entrenados para detectar el chisme. Quizás no les importara. Capaz no se notara. Llevaba ya algún tiempo dándole vueltas al asunto cuando Reina avisó que volvía, que pasaría por el pueblo antes de ir a terminar su semestre libre a casa de su familia.

Podemos pasar el spring break juntas si quieres. Irnos a algún lado con mar.

Se decidieron por México, era barato y era lo más cerca. Sacaron los pasajes y reservaron un resort, todo incluido. La noche anterior a que Reina aterrizara Yael no le atendió el teléfono a Lorenza.

Cuando a las cuatro y cuarto de la tarde estaba sobre la explanada de coches en el aeropuerto de Forth Chatel esperando a Reina, no podía parar de volver la vista a su teléfono que, suspendido sobre el asiento del acompañante, no vibraba, no estaba vibrando; Yael no le había vuelto a responder los mensajes. Se revolvía contra el asiento cuando por fin vio salir a Reina del edificio. Cargaba un maletón monstruoso que arrastraba por la explanada buscando el coche en el que Lorenza estaba esperándola. Soplaba el viento y la reconoció en sus modos, en cómo se sujetaba las solapas del abrigo contra su pecho y por el mantón tejido color hueso con el que se cubría la cabeza y el cuello. Llevaba una chaqueta acolchada gris enorme que le llegaba hasta los tobillos y que había elegido con Lorenza en un outlet. Lorenza hizo tocar la bocina y se bajó del auto para ayudarla a cargar en el baúl la maleta gigante. Tuvo que maniobrar entre el tejido color hueso para encontrar la cara de Reina y darle un beso.

No sabes cuánto te extrañé, dijo y en ese momento era cierto.

Mientras recorrían los kilómetros que separaban el aeropuerto de la ciudad fueron conversando sobre los pendientes de su viaje a México y los trámites que tenía Reina en la ciudad. Cuando se bajaron, tuvieron un sexo urgente y torpe que gritaba destiempos y ansiedad. Reina quería conversar, dar una vuelta pero Lorenza volvió sobre ella. Copió lo que recordaba de Yael en Reina, la invocaba de algún modo. Fue como hacer equilibro al borde de un andén; Lorenza sabía que se le escapaba lo que no quería decir, que se notaba en ella un desvarío pero no pudo contenerse, no supo cómo y Reina primero le pidió que fuera más despacio y después que se detuviera del todo.

Estoy desconcentrada amor, nerviosa. Ya vamos a tener tiempo de estar juntas en las vacaciones, soltó Reina adjudicándose una responsabilidad que Lorenza no sentía que tuviera, pero que la hizo dudar de su compañera, de ella misma y de la relación.

A la mañana siguiente habían recobrado cierto ritmo, una confianza que no llegaba a ser intimidad. No se habían vuelto a tocar. Reina se fue a la reunión de departamento y Lorenza puso como excusa el trabajo que había dejado atrasado para faltar. En cambio se instaló en el cuarto de lectura silenciosa de la biblioteca a esperar a Lucy para preguntarle sobre unos libros que había encargado para llevarse a las vacaciones. Cuando estaba a punto de despedirse de la bibliotecaria, atinó a preguntarle por las monjas, si había algún libro que hablara de ellas que se pudiera llevar también.

Es que las veo cerca de la casa y en el cementerio paseando en la tardecita cuando hace bueno. Yo creo que son las monjas. Tienen que ser.

Es posible pero también podrían tranquilamente ser hermanas o una pareja de mujeres normal, no ex monjas. Pasaron muchos años ya, tienen que ser muy muy mayores para ser de las que se salieron del convento.

Pero es que hay muchas. ¿Tú las has visto? Hay muchas parejas de mujeres caminando juntas por la calle.

Yo creo que tú ves mujeres juntas en todos lados.

El avión que las sacó de Merlow City salió de madrugada y Lorenza iba aturdida, no del todo alerta, recostada por momentos sobre el hombro de Reina que se desmayó no más subir. En el segundo avión, el que las dejaría en la playa de México, les tocó viajar separadas y Lorenza, que ya estaba más despierta, sintió alivio de no tener que esconder su impaciencia. Consideró volver a intentar comunicarse con Yael, pero sabía que no tenía caso. No hizo falta que le explicara nada, supo en algún punto durante la visita de Reina que Yael no iba a responder. Por lo menos hasta que Reina volviera a ser una sombra haciendo alguna otra cosa, del otro lado del mundo. Pensó en eso y pensó también en si debía contarle que había estado con otra mujer, una compañera de trabajo de ambas, en el pueblo que era de ella, en la ciudad a la que había llegado también, un poco, gracias a Reina. Pensó cosas extrañas; en si Yael y Reina también se habrían acostado, en cómo sería el sexo entre ellas. En si en realidad ella misma era no más que un personaje secundario, un decorado, alguien que pronto sería olvidado por todas en la ciudad.

Los días en el resort eran cortos. Amanecía muy pronto y anochecía también muy temprano. Lorenza durmió hasta tarde la primera mañana y leyó mucho mientras Reina entrenaba. Se instaló en la playa después de desayunar y esperó que Reina bajara primero con ansiedad, pero cuando le avisó que estaba embotada en una conversación con la autora que estaba traduciendo, tratando de despejar dudas capitales, se volvió a quedar dormida con el ruido del agua de fondo. Como arrastrada sobre el camastro por el mismo mar, vencida por el cansancio que le producían sus emociones. Cuando se reencontraron sobre la tardecita en la habitación, volvieron al sexo. Fue un evento lento. Desmarcado del calendario, rendidas como sus ánimos después de volver de la playa. Una sorpresa agradable, un entusiasmo tibio. El sol haciendo espejos sobre las sábanas blancas, la huella de sus pies mojados en marcas sobre el parquet. Esa noche durmieron bien y, por primera vez desde que volvían a verse, se abrazaron un rato antes de conciliar el sueño.

Los días que siguieron pasaron más o menos igual. Con Lorenza casi siempre sola frente al agua, leyendo o escuchando algún podcast, esperando a Reina que se demoraba en sus propias cuestiones. Lorenza no la resentía por eso; en cambio estaba aliviada de no tener que verla todo el tiempo. De tener espacio para masticar lo que le había pasado en ese pueblo en el que veía todo el tiempo monjas ancianas paseando del brazo con la devoción de las parejas recién inauguradas. No se le había pasado lo de Yael; de repente volvía sobre el centro de su cuerpo un refucilo, un recuerdo táctil que la dejaba tecleando. Se detenía en esa sensación, buscando en el ejercicio del pensamiento un cuerpo que le quedaba muy lejos. Pero no era eso. Porque cuando en la noche se acostaba con Reina y se frotaban, ya no pensaba en Yael, eran de vuelta ellas dos y sus entrañas, sus modos particulares enfrentados; una coreografía íntima. Le gustaba saberse capaz de matices, de querer de maneras diferentes. Pero Yael no le hubiese pasado si Reina no se hubiera ido, si no se hubiese presentado a esa beca de traducción que la arrancó de su lado cuando apenas empezaban a acercarse.

Para cuando faltaba menos para regresar que los días que ya habían pasado, Lorenza empezó a ponerse nerviosa. Había en el aire un desajuste, una verdad que no había sido nombrada. Aun cuando Lorenza quería creer que era Yael, lo que se estaba callando, no podía recordar una conversación con Reina en los seis días que llevaban de vacaciones. Quería ordenar, sosegar el ruido que empezaba a expandirse, pero la cabeza se le escapaba como agua entre las manos. Podía disfrutar un rato de la calma, la sensación de estar siendo mecida por la corriente, en una ola, pero nunca llegaba a durar.

La penúltima noche salió sola a fumarse un cigarro después de cenar. Reina no se ofreció a acompañarla, Reina no fumaba. Caminó sola hasta la pila de camastros amontonados sobre la arena y pensó en la ciudad en la que vivía, tan lejos del agua, tan lejos de todo. En donde se había acomodado buscando la calma y la había encontrado para perderla poco después. No había sido su culpa, se repetía.

Fue ella la que se fue, fue ella la que se fue apenas la había encontrado.

Mejores amigos

Los criaron como primos pero primos no son. Ahora que ya no son niños y entienden, igual él le sigue diciendo prima y ella, primo. Ninguno de los dos creció con padre y usan un vínculo que no tienen como el escudo que puede ser, en ocasiones, la familia.

En el balneario casi no queda nadie. Del otro lado del río ya se encendieron las luminarias del camping y empiezan a aparecer los brillos del fuego para el asado. Se puede respirar recién a esta hora, cuando el sol cae y se deshace, no el calor, sino la intensidad con la que se amontona en los plafones de cemento. Durante el día, sentarse sobre la explanada de cara al agua es imposible; el alisado de material arde y, además del sol, se te pela el culo no más de apoyarlo sobre la toalla. Ahora, la tibieza de la loza parece estar cuidando el cuerpo de Clarita que está recostada de espalda, sobre sus antebrazos, con las plantas de los pies apenas apoyadas sobre la superficie del agua. Llega desde la otra orilla, donde está el camping, la cumbia nítida y constante, sin tregua; puras cumbias viejas, de barrio, de baile. Nereo se airea de sí mismo sobre la reposera como un rey sol, con las puntas del pelo lacio y finito, aclarado por el efecto del verano, con sus manos enormes colgando a los costados de la silla.

–¿Qué vamos a hacer a la noche?

En realidad ya es de noche, en enero oscurece casi a las diez, pero en el verano del pueblo la noche no es la noche hasta bien entrada la madrugada. Clara sigue revolviendo el agua con los dedos de los pies y no responde. Tiene sobre la malla un vestido rojo tejido al crochet que su mamá le heredó. Lo compró en un arrebato en unas vacaciones en Brasil y no lo usó nunca. Ahora le queda chico, a la madre, y a Clarita, que pegó el estirón en el invierno, le luce. Pasó un par de años pensando que las tetas no le iban a salir nunca. Siempre fue petisa y mínima, pero desde hace unos meses parece otra; ya no es la primera de la fila en el aula y le aparecieron unas carnes en las caderas que hay días que le resultan tan ajenas como el vestido que lleva puesto. Su madre y Nereo y sus amigas, todos parecen sorprendidos de que Clarita no se haya quedado siendo la nena con dos colitas y voz de pito a la que estaban acostumbrados. Como si el hecho de que a los dieciséis años el cuerpo de la chica haya cambiado fuera un acontecimiento inesperado. Entre los puntos de la costura del vestido aparece la malla amarillo fosforescente que lleva debajo. Había descuento en todos los colores pero Clara eligió el flúor a propósito. Como si se estuviera cobrando retroactivo el tiempo que pasó desapercibida. Los pezones gruesos se anuncian sobre las dos capas de ropa y en la parte de abajo, sobre todo en la cola, se le nota todavía más el amarillo porque se puso el vestido arriba de la malla húmeda. Cuando por fin se pone de pie como sacándose de encima una mugre, mira a su primo que sigue derramado sobre la silla reposera, con su malla roja y blanca, percudida por el uso que le ha dado los últimos dos veranos. Entiende por qué todas sus amigas gustan de Nereo aunque digan que no, aunque lo nieguen a muerte. Puede ver lo que ellas ven pero a la vez puede ver más profundo.

–¿Me podés llevar a mi casa? Me están comiendo los mosquitos.

Llegaron al balneario temprano en la tarde, contra la recomendación de sus madres, pero es que en la casa no se podía estar. El ventilador de techo del cuarto no hacía otra cosa que remover el aire caliente que se estiraba como un chicle. Probaron todas las velocidades, a ver qué era mejor. Al máximo hacía mucho ruido y hasta daba un poco de impresión. De a ratos parecía que podía llegar a desprenderse del techo y tampoco es que hiciera mucha diferencia en términos de alivio. Clara discutió un rato largo con su mamá para que los dejara dormir la siesta o mirar la televisión en su cuarto. Tadeo apenas midió el ánimo en la casa se mandó a mudar al Club Progreso a jugar a las cartas. No siempre estaba, Tadeo, la pareja de la madre de Clara en la casa. Había temporadas en las que vivía con ellas y jugaba a ser el papá del año. Otras veces desaparecía completamente y la madre de Clara lloraba por los rincones. Cuando Tadeo partió para el club a Clara le pareció todavía más razonable instalarse en la habitación de su mamá. La única de la casa con aire. Un aire chiquito e insuficiente, que cuenta diez años por lo menos y al que no le han hecho un service nunca. Clara insistió. Fue persiguiendo a su madre por toda la casa, repitiendo con su voz de pito y lloriqueando un poco una y otra vez: dale dale dale dale. Aurora que casi siempre cede a los desplantes de Clara, se puso firme.

–Hija ya estás grande, no podés andar haciendo estos escándalos como si fueras una nena.

Hizo un gesto con la manos que sugería que Clara ya cargaba con un buen par de tetas. Clara se quedó seca en el medio de la cocina. La gente la trataba distinto. Sus amigas, los amigos de Nereo, el novio de su mamá y hasta su mamá la trataban distinto, como si fuera una tarea de ella prevenirse del peso de las miradas que ahora la seguían cuando iba y venía, cuando se alejaba o se acercaba porque las tetas le habían crecido. Primero sintió el impulso de responder a su madre, de seguir haciendo escándalo hasta lograr lo que quería. No se acostumbraba a perder los modos de ser niña y menos a perder la muñeca que eso podía darle. Desde que se desarrolló su mamá le hace sentir vergüenza por la manera en la que antes le ganaba las discusiones. Como empujándola a que active otro tipo de resortes para conseguir lo que busca. Se calmó cuando bajó la vista hasta la parte del cuerpo que Aurora le señalaba y se volvió para mirarla a la cara. Vio el cansancio de días, el hecho de que su madre había trabajado toda la mañana del sábado, que había preparado la comida que acaban de compartir y que ahora estaba lavando los platos del almuerzo. Paró. No pidió disculpas, no le ofreció ayuda pero tampoco volvió a tocar el tema.

Tirados uno al lado del otro en el piso de madera del cuarto, Clara y Nereo se estaban hirviendo en humedad. Desde que Clara tiene memoria ahí está Nereo en su casa, como un día más de la semana, con una sonrisa y la mochila con los botines y los guantes. Sus mamás son íntimas, siempre fueron íntimas amigas. Se embarazaron jóvenes y los criaron como pudieron. El padre de Nereo no pintó nunca y nadie, ni siquiera Nereo, sabe quién es. Clara y Nereo tienen sus hipótesis y cuando eran más chicos les gustaba inventar que eran hijos del mismo padre. Raquel, su mamá, trabaja como enfermera en el hospital, con turnos largos y variables. Clara sabe quién es su papá y que vive en Pergamino, el pueblo de al lado, pero puede contar con los dedos de una mano las veces que él vino a verla o la llevó a pasear. Piensa que eso es un comodín, que cuando llegue el día puede ir hasta su casa a pedirle algo a cambio de toda esa ausencia.

Desde bebé Nereo pasa muchas horas en la casa de Clara. Luego están los eventos del fin de semana en los que coinciden: casi siempre sus mamás se juntan los sábados en la noche, en ocasiones salen y vuelven tarde pero también hay noches en las que se quedan tomando fernet con coca en el patio y fuman un cigarro detrás del otro. Los domingos almuerzan todos juntos. Tadeo, cuando está, suele hacer el asado y beber con las dos amigas hasta que se cansa y se va a acostar o a jugar a las cartas.

Terminan de juntar las cosas que siguen desparramadas cerca del agua con calma pero tampoco queda mucho. Nereo mete en la canasta lo que trajeron y pliega la silla mientras Clara guarda sus chucherías en la mochila. Durante la tarde llegaron a ser el grupo más grande de todo el balneario, con media docena de reposeras, heladerita y música desde el auto del Cuni que había estacionado cerca. Nereo la estuvo relojeando sin llamar la atención; Clarita reina en el centro del grupo más fiestero del balneario, era para alquilar balcones. No sabe si le gusta alguno de los chicos o si alguno de sus amigos le gusta de verdad a ella. Aun cuando insisten en llamarla Clarita de acá y de allá, no la pueden ni mirar a la cara sin ponerse colorados. El rol a Clara le calza como mandado a hacer. Capaz todavía no se da cuenta del todo pero él ya sabe que ella va a llevar bien el asunto de ser en promedio más linda que las demás.

Mientras la tarde pasaba y los amigos y las amigas iban y venían, ella estaba ocupada y contenta. Cuando el sol empezó a bajar, uno a uno los amigos se fueron yendo. A dar vueltas al centro, a cenar a sus casas, a bañarse y dormir una siesta para estar frescos para la noche. Con cada amigo o amiga que abandonaba la ronda Clara se fue poniendo un poco más rancia. No le gusta, ni por asomo, que las convenciones, los horarios, le pongan en pausa la diversión. Le sigue pareciendo ilógico que se corte una fiesta que ya estaba pasando para armar otra idéntica no más un par de horas más tarde. Está segura que ni en su casa ni en casa de Nereo los están esperando y le cuesta creer que no sea así en las otras casas. Cada cual se llevó lo que trajo cuando se fue. Menos una cerveza que quedó guacha y que Nereo se acaba de terminar. Casi nunca toma pero para no dejar o para no cargarla de vuelta. Ella sí toma pero no le gusta la cerveza. Prefiere el vodka con speed o el vino con azúcar y hielo.

Los amigos de él y las amigas de ella son un clásico de cada sábado a la noche pero durante el verano también por las tardes. A veces toca alguna quinta, como la de Luchi Spilimbergo en el barrio San Marcos, pero prefieren el balneario porque no hay adultos que los estén controlando. Ni sus mamás ni las mamás de sus amigos van al balneario. Los adultos que van al balneario son los que no tienen otro cacho de agua donde meterse; los padres y las madres de los chicos del centro que van a los colegios del centro y que tienen si no una buena familia al menos unos abuelos que tuvieron una buena familia, como ellos, van a las piletas de los clubes o a sus propias piletas o a las piletas de sus amigos con pileta. Nereo es un año más grande que Clara y en marzo cuando empiecen las clases, debería empezar quinto, irse de viaje de egresados y después a estudiar. Pero como están las cosas capaz que eso no pase. Lo de irse a estudiar pero también todo lo otro. Clara pasó a cuarto y todas sus amigas siempre quieren salir con los amigos de Nereo, porque son más grandes y van al colegio nacional, mixto, no como ellas que van al colegio privado de monjas. Ella la verdad se cansa de andar con su primo todo el día porque siente que así los chicos no la encaran. Clara, está segura, ya está en edad de merecer.

Concentrado en las aspas del ventilador y el muñequito de Sara Key que Clara tiene colgado ahí desde su cumpleaños número nueve, Nereo no reaccionaba, acostado sobre el parqué en musculosa, con las manos cruzadas bajo la nuca. Le corrían gotas de transpiración desde la frente hasta el cuello e ignoraba a Clara que no paraba de quejarse del calor. Siempre le parece a Clara que Nereo o sabe más que el resto de las personas o mucho menos. Que es una cosa rara entre más tonto y más sabio que los demás. Como si el hecho de tardar en reaccionar, de ser lento para todo, al final lo terminara beneficiando.

–Todos tenemos calor –dijo por fin, ante la urgencia de Clara que, de pie mirándolo desde arriba, insistía con la queja–. Yo tengo calor, tu mamá tiene calor, la moto tiene calor. No podemos salir ahora. Tiene razón tu mamá, parecés una nena.

Clara entonces se inclinó sobre sí misma, otra vez, de la vergüenza. Se volvió a mirar las tetas y escondió los ojos. Movió el pie descalzo muy cerca de la cabeza de Nereo; tuvo la idea de aplastarle la cara con el pie pero supo mientras la idea se le formaba que el peso de todo su cuerpo no iba a alcanzar para hacerle daño. En cambio, si el ventilador llegaba a desprenderse en ese instante tal vez Nereo no llegara a protegerse y las aspas afiladas en su descenso podrían arrancarle la nariz o quebrarle al menos alguna de sus muñecas.

Cuando él notó que la inflexión le cambiaba, se volvió a desarmar sobre el parqué. No es que ella no sepa o no sea capaz de darse cuenta cuando está haciendo un berrinche más propio de una nena de seis años que de una chica de dieciséis. Ella se permite ser así delante de él porque se conocen y porque con él no tiene vergüenza, o no tiene por lo menos la clase de vergüenza que tiene con los otros chicos de la edad de él. Nereo es manso, es como de su familia.

–No me digas que soy una nena –dice como la nena que es a pesar de que ya no es una nena–. No me pasa nada, estoy aburrida. Este pueblo es un embole nunca hay nada que hacer. Voy a buscar agua.

Al paso sube de vuelta el ventilador al máximo.

–Una hora –dice él, antes de que ella salga para la cocina–, esperamos que se hagan las dos y media y nos vamos al balneario en la moto, damos una vuelta y llegamos temprano y agarramos sombra.

Clara lamenta que a ella le guste el patín y no un deporte que pueda hacerse bien en el pueblo. Mientras crecían, cuando todavía eran chicos, Nereo viajaba todos los fines de semana a competir con fútbol y ella se la pasaba dando vueltas en círculos a toda velocidad por la cancha de básquet. Quería mejorar, pero no había profesoras de patín ni una pista donde entrenar. Primero intentó practicar andando rápido por las calles del pueblo pero los autos eran impredecibles y las veredas desparejas. Probó también hacer el largo de seis kilómetros que une el balneario con el acceso a la ruta provincial, la famosa costanera. El patín vibraba demasiado sobre las piedritas que usan para asfaltar las rutas, era incómodo y los pies le quedaban ardiendo. Un día una vecina chusma le contó a Aurora que Clarita se escapaba del club a patinar a la costanera y la retó delante de todo el mundo. Podría haber seguido yendo, pero un día un auto caro, negro y con los vidrios polarizados, pasó tan cerca que a ella también le empezó a dar miedo. Eso y los camiones, que cuando la rebasaban, la dejaban temblando. Lo poco que aprendió lo hizo sola, probando los límites de su cuerpo, a los golpes limpios contra el pavimento. Un día se tiró desde lo alto de la lomita por donde antes pasaba el tren para ver si era capaz de frenar con su propia fuerza antes de irse al pasto. Cayó de rodillas y con las manos abiertas a la gravilla del costado de la cancha. Se le clavaron tantas piedritas en las manos que Nereo se pasó dos horas sacándoselas con una pinza de depilar. Su mamá mandó entonces a comprar en Buenos Aires, por encargo, unas muñequeras y unas rodilleras y se las regaló para un día del niño. Hizo lo que pudo, pero ahora que él se estuvo probando para irse a jugar a un club de primera división, en Buenos Aires, ella que quiere salir del pueblo desde que tiene memoria, piensa que quizás debería haberse dedicado al tenis. Como Gabriela Sabatini o Monica Seles.

Se subieron a la moto de Nereo que es en realidad la moto de Raquel. Una Hondita Dax roja que ella usaba para ir a trabajar pero que empezó a compartir con su hijo cuando él cumplió los dieciséis y pudo sacarse el carnet. Clara todavía no aprendió a manejar. En buena medida porque no tiene un padre que le enseñe. Tadeo dijo que le daba clases pero a ella meter mal los cambios en el auto del novio de su mamá la pone nerviosa. Tadeo es de esos tipos que tienen el auto impecable siempre, que lo lavan y lo aspiran una vez por semana, que hacen un quilombo bárbaro si les aparece una rayita. Una vez se gastó un montón de plata en unas cremas en Sprayette ¡Llame Ya! que supuestamente cubrían las raspaduras de la pintura de los coches. El pedido tardó en llegar y cuando apareció la caja toda la familia se reunió alrededor del auto para ver cómo obraba el producto milagroso. Cuando al final pusieron la crema sobre las raspaduras lo único que pasó fue que las hendijas se llenaban del líquido desigual pero no llegaba a fundirse con el color original de la carrocería. Fue, en definitiva, un fiasco y Aurora le prohibió a Tadeo volver a comprar cualquiera de las chucherías que se vendían por televisión.

Nereo aprendió a manejar con el auto de su abuelo y prometió a Clara enseñarle pero no siempre pueden usar el auto de los abuelos de Nereo y Clara además no es tan constante con el tema del manejo. Por ejemplo, manejar motos no le sale bien y después de que se cayó, volviendo del balneario, manejando la moto que los papás de Agustina le regalaron para sus quince ya no quiso volver a probar. Nereo hace todo bien. Eso que Clara siempre aprovecha como un cortaplumas que te salva la vida en un campamento, a veces la fastidia. Hoy le fastidia que él, que quiso ser arquero de fútbol, la posición más difícil para jugar al fútbol profesionalmente porque cada equipo tiene un solo arquero y nada más, ahora pueda irse a vivir a la Capital todo pago, solo y antes de terminar la escuela. Como están las cosas Clara capaz tenga que estudiar en Junín que ni siquiera es una ciudad real y que queda demasiado cerca. Ninguna de sus amigas va a estudiar en Junín. Como mucho se podrá ir a Rosario. A Clara Rosario ya le parece un bajón, Junín directamente le resulta un espanto aunque no haya estado en Junín nunca en la vida.

De camino al balneario, Nereo manejaba un poco más rápido que de costumbre. Hacía calor y la velocidad en el avance cortaba el agobio; en viaje ya no transpiraban. Ella hacía un esfuerzo para agarrarse bien a la manija trasera de la moto y no clavarse la canasta que iba entre ella y su primo.

–Está lindo el airecito.

Cruzaron por la Tristán Lobos hasta el parque frente al río. En la tarde no había un alma. Se sentía el ruido del caño de escape, un ronroneo más o menos estridente según el ciclo de la aceleración y, cuando Nereo bajaba la velocidad lo suficiente, el aire, una especie de viento caliente, que se escurría entre las hojas de los árboles frente al balneario. Cuando Nereo desaceleraba Clara rebotaba por inercia contra la canasta y esta a su vez contra la espalda ancha de su primo. Él la sentía más cerca entonces y giraba el mentón para atrás como saludándola o preparándose para decir algo que, al final, no llegaba a decir.

Ella mide un metro sesenta y dos y él un metro ochenta y nueve. Ni es tan alto para ser arquero, pero es grandote. No falta nunca al entrenamiento y el resto de sus compañeros de fútbol no tienen el cuerpo que él tiene. Un día Clara cayó en la cuenta: Nereo iba al gimnasio casi todos los días, por eso tenía la espalda tan ancha. Se estaba preparando pero ella no tenía en claro para qué. Ahora sabe que era para esto, para irse a probar a Buenos Aires a distintos clubes hasta encontrar alguno que le diga que sí. Por más que hace fuerza no logra acordarse cuándo fue que Nereo cambió así, que se puso serio sobre el asunto del fútbol. Si es cosa de Raquel, si es ella la que lo preparó o le insistió, la que le metió el asunto en la cabeza. Él siempre había jugado al fútbol pero todos los chicos juegan al fútbol. Ellas también habían jugado al fútbol con ellos a veces cuando eran más chicos y sus mamás los mandaban juntos a la colonia de vacaciones en verano. Cualquiera de los varones amigos de Nereo o sus compañeros de colegio jugaban al fútbol y, que ella supiera, ningún otro se estaba yendo a probar a clubes en Buenos Aires.

–No sé qué van a querer hacer las chicas hoy a la noche.

Nereo sabe que ella sí sabe, que no puede no saber. Sus amigas mueren por salir con los amigos de él. En el segundo en el que Clara le avisó a Agustina que ella y Nereo bajaban al balneario y que los amigos de Nereo iban también, poco a poco, una a una fueron llegando todas las amigas de Clara. Incluida Luchi que le pidió a su mamá que la trajera desde la quinta. Durante la tarde además se barajaron varias opciones, pero como no se pusieron de acuerdo sobre dónde juntarse, quedaron en llamarse por teléfono desde sus casas más tarde. Ahora solo quedan ellos dos, Clara y Nereo, los primeros en llegar y los últimos en irse.

–¿Querés manejar de vuelta?

Él es de hacer este tipo de concesiones, para alegrarla, darle un gusto. Ella lo mira cargar con una mano la canasta de la que sobresalen el termo, las botellas de cerveza vacías, un flota flota que usaron durante la tarde en el río y un par de toallas, todavía húmedas cruzadas por encima de la cesta. Ella lleva en la mano su bolsito con el bronceador y un par de chucherías. Lo mira: el pelo derretido sobre la frente, la mano ancha que sostiene sin esfuerzo una canasta llena y en la otra mano la llave de la moto, inclinada hacia ella. A veces Clara piensa que si le gustara Nereo la vida sería más fácil. Otras que tampoco tiene tan en claro que no le guste. Casi siempre zanja el asunto diciéndose a sí misma que tampoco sabe cómo es gustar de alguien.

–Vos sabés que me caí, ¿no? La última vez, con la moto de Agus.

–Pero ahora vas conmigo, yo te explico.

Sabe que no maneja bien, que no aprendió todavía eso que dicen que se aprende un día y que luego no te olvidás más. Un click adentro le dijo Agustina y también el Cuni que anda para todos lados en el auto que era del hermano, Fernando, que se mató en un accidente de cuatriciclo en Villa Gesell el año anterior. Pero también sabe que si no practica no va a aprender nunca. Cuando ve cruzar a la carrera a Agustina en su propia moto se descubre mirándola. Cómo acelera, pasa los cambios y estaciona. Le parece un milagro que un aparato como la moto, que va a los pedos pueda de repente, detenerse, frenar. Quedarse quieto. Siente que si ella supiera manejar bien y tuviera moto estaría siempre arriba de la moto. Sobre todo en el verano cuando a la hora de la siesta no anda nadie y se cruzan motos a toda velocidad por un lado y por otro que apenas se llegan a presentir por el ruido que hacen los motores cuando aceleran a lo lejos. Si piensa en ella misma con su malla flúor y su vestido crochet rojo todavía húmedo cruzando por el parque frente al balneario a toda velocidad en la Hondita Dax roja de la mamá de Nereo, la imagen que se le arma en la cabeza la emociona.

Nereo saca primero la moto del estacionamiento y la deja perfilada sobre la calle. Clara se sienta en el espacio que él deja delante, en la punta del asiento y Nereo le explica, repasa lo que ella ya sabe; las manos gigantes de su primo sobre las suyas repiten una coreografía que ella conoce pero no domina. Desacelerar para bajar o subir el cambio, no usar el freno de mano sino que el de pie, el peso de la moto y el peso de él detrás. Acomodan la canasta en el espacio delantero, la enganchan contra el manubrio con los pulpos elásticos. La sillita plegable Nereo la lleva colgando en la mano izquierda.

Arrancan para la costanera, lento. Clara va con el cuidado de quien no domina una técnica. Ahora es él el que le dice, como alentándola:

–No vayamos directo a casa, demos una vuelta. Está lindo el airecito.

El sol ya se escondió pero todavía está claro cuando se empiezan a encender las luminarias del alumbrado municipal. Él no la roza pero ella lo siente detrás. Su consistencia de gigante como una presencia que se anuncia en humedad sobre la espalda. Nereo tiene la mano derecha apoyada sobre su propio muslo, alerta, por si necesita hacerse con la dirección de la moto si Clara se abatata. Sigue haciendo calor, un calor amable que se parece al alivio porque el sol no pesa ya sobre el cielo y alrededor todo es verde, todo es campo. La temperatura baja rápido cerca del río y los grillos y los bichos comienzan a inaugurar el tintineo, la música constante de las noches de enero. Cuando se empiezan a alejar del balneario todavía se siente la cumbia vibrando en el camping del otro lado del río.

Ella va concentrada en la ruta, en bajar la velocidad prolija cuando se cruza con el primero de todos los badenes que el intendente mandó a hacer por toda la costanera, justamente para evitar los accidentes fatales de motos. Ella desacelera, baja el cambio y una vez que la moto atraviesa el hueco sobre el asfalto, vuelve a subir la velocidad y después, pasa de primera a segunda. Se mantiene casi siempre en segunda, a velocidad crucero. Cuando empieza a sentir que el motor parece exigido, como rogando por un desajuste que lo lleve hasta tercera, Clara deja de presionar el acelerador y la moto contonea sobre su línea de avance; parece que retrocede y, en cambio, va más lento. Con esos vaivenes los cuerpos de Clara y Nereo se van desacomodando de sus lugares, se acercan y entonces queda en el aire entre ellos una inquietud, ansia. Los criaron como primos, porque Nereo no tiene papá y porque Clara aunque diga que tiene papá no tiene papá y sus madres fueron madres muy jóvenes.

–Dale, pisala un poquito Clari no seas cagona.

Cuando llegan al final de la costanera los focos poderosos de los vehículos que cruzan por la ruta provincial le interrumpen a Clara la concentración. Considera hacer ese tramo de la ruta 141 hasta la rotonda que desemboca en la entrada al pueblo por la calle San Martín. Es lo que Nereo haría. Ya casi es noche cerrada, ella no maneja bien y Nereo tiene una oferta para irse a probar a un club de primera división en Buenos Aires, Capital. Quiere acelerar, entrar a la ruta, sentir el aire en el pelo, entre los agujeros de su vestido crochet con su primo en la moto. Piensa entonces que si se cayeran de la moto, si ella volcara la moto con ellos encima, y él se quebrara una mano, un par de dedos de la mano derecha ponele, entonces se tendría que quedar. Se detiene por completo justo en el cruce entre la costanera y la ruta juntando coraje para acelerar y hacer el tramo por la 141.

–Si no te animás no pasa nada prima.

Ella empieza a acelerar y la moto a moverse con ellos arriba cuando siente la mano derecha de Nereo sobre la suya y el tintineo de la reposera contra la carrocería de la Hondita. Por encima de sus hombros, él la asiste para manejar el peso de la moto con él sentado detrás. Da la vuelta en u para devolverse por el camino por el que llegaron, evitar la ruta. Debajo del foco gigante que ilumina el final de la costanera y la entrada en la ruta ella observa primero la mano izquierda de su primo que carga una reposera de rafia verde y blanco y después la mano derecha haciéndose con el volante, cortándole el ejercicio de conducción y la práctica de manejo.

Nereo maniobra desde detrás de Clara con sus brazos sobre los de ella, acelera lo justo para asegurar la vuelta con ellos encima, sin volcar, sin quebrarse una mano ni él ni ella y vuelve a parar la moto de su madre sobre uno de los carriles de la costanera con Clara delante. La suelta, suelta el manubrio.

–Me puedo quedar también. Puedo esperar un año más y nos vamos juntos.

Clara no le responde. No sabe muy bien qué decir y no sabe tampoco cómo hace él para saber lo que ella no le dijo a nadie. Nereo hace todo bien y eso la enferma pero también le da tranquilidad, descansa en el hecho de que ahí está él para salvarla cuando ella se pone a hacer algo que no sabe hacer. Nereo es distinto, es mejor y la quiere más a ella que a nadie. Eso tiene que ser bueno, tiene que servirle. Cuando llegan a la casa de Clara escuchan música desde la calle. Es sábado, Nereo está seguro de que su madre está dentro y de que en el patio las dos amigas y Tadeo están arrancando el asunto del asado.

–Me voy a bañar y vuelvo.

Clara estuvo a punto de disculparse por sus pensamientos impuros como le enseñaron que había que hacer cuando iba a catecismo y a misa los domingos. Piensa en si ella se hubiera dedicado al tenis, si en el pueblo se pudiera hacer alguna otra actividad que no fuera jugar al fútbol y andar en moto, dos cosas que ella no sabe hacer bien, la historia sería distinta. Su mamá no tiene un peso y, aun cuando piensa que puede ir a pedirle a su padre que le deposite el dinero para mudarse a Buenos Aires cuando toque, no está segura, no puede contar con eso.

–Si hacés mucha plata, ¿me llevás con vos?
–¿Cómo?
–Si te vas a Europa a jugar ponele. Como los jugadores que se casan con la novia de toda la vida.
–¿Aunque seamos primos?
–Aunque seamos primos.

Felicidades

1.
Mariam y Sabrina

–Sofía está embarazada.

–¿Pero está saliendo con alguien?

–Uno de Tinder.

–¿Pero estaban saliendo?

–Salieron un par de veces pero hasta donde sé no son una pareja consolidada.

–Pero sabrá mínimo que no tiene una enfermedad genética incurable.

–No te sé decir, sé que estaba saliendo con un tipo que conoció en Tinder y que ahora está embarazada.

–Obvio lo quiere tener.

–Obvio lo quiere tener, dice que lo está pensando pero lo quiere tener.

–¿Cómo te enteraste?

–Nos reunió a todas en su casa y nos contó.

–Tipo baby shower.

–Tipo, hago una reunión en mi casa con mis amigas y les cuento lo que me está pasando.

–¿Pero cómo les avisó? ¿Les mandó un mensaje al grupo?

–Sí, mandó un mensaje al grupo diciendo que tenía que contarnos algo y el sábado fuimos todas a la casa. Se veía venir un poco pero yo pensé que era que capaz se volvía a Argentina.

–Sofía no va a volver a Argentina. ¿Y estaban todas?

–Casi todas sí, Maru faltó, avisó mientras estábamos ahí que no llegaba.

–Maru es bicha.

–Maru es bicha.

–Y llegaste y qué era tipo intervention, tipo nos juntamos a tomar el té, qué onda.

–Había sanguchitos de miga, lo cual bien.

–Siempre se agradece.

–Siempre se agradece y yo me acababa de despertar, traía una lija. Y nada, llegué tarde, ya estaba Karina que parecía el marido sentada al lado, teniéndole la mano, estaba Jose, estaba Marta, Lila y Rosarito. Las compañeras de piso no estaban y cuando Maru avisó que no venía nos sentamos y ahí nos dijo.

–Tipo anuncio.

–Sí qué sé yo, no sé. Nos contó: que estaba embarazada, que no le había dicho nada a él pero que ella siempre quiso ser madre y que bueno, está grande y lo está pensando. Que qué pensamos nosotras.

–¿Y ustedes qué pensaban?

–Yo estaba dele meterme a la boca sanguchitos de miga. Qué le voy a decir.

–No sé, que no, que no es una buena idea tener un hijo de un desconocido.

–Mariam yo no estoy para dar consejos la verdad. Y realmente no tengo ni idea si no es buena idea tener un hijo de un desconocido. Digo, no sé si es mejor idea que tenerlo con un conocido, por ejemplo.

–Sí qué sé yo, puede ser. Las demás, ¿qué le dijeron?

–Todas medio en shock. Kari rara, la abrazaba, le tenía la mano, iba y venía a la cocina con bandejas con comida. Con un speech como de ir a entrenar. La familia que elegimos, apoyarnos entre nosotras, una casa lejos de casa. Las demás lo obvio: somos tus amigas, acá estamos. Cómo te ayudamos. Pensalo bien. Marta espantada también.

–Es que Marta también es bicha. No entiendo lo del evento tipo té, con sanguchitos.

–Y tortas varias. Había milhojas. Sí, raro. Una cosa entre un cumpleañito de un nene y un té de señoras. De tías, justo. Siento que un poco esa era la onda, como bueno chicas van a ser tías porque la verdad es que lo podría haber contado por Wapp.

–Bueno igual era sábado.

–Sí, y está bien verse y tal, pero como que mucho despliegue.

–¿Y cómo estaba ella?

–Para mí se hacía la compungida.

–¿En qué sentido?

–A mí me pareció que ella estaba contenta, que no estaba preocupada o triste. Pero igual estuve ahí literal una hora, me comí dieciséis sanguchitos de miga y me fui a trabajar.

–Es que le encanta ser el centro de atención.

–Puede ser. Vos la conocés más.

–Sí, y también se me juegan otras cosas. Me da como mal rollo el asunto. Cuando me acuerdo de Sofía a veces se me cierra el pecho.

–Igual te encanta enterarte todo lo que le pasa.

–No me divierte que le pasen cosas feas Sabri.

–Igual para ella no es feo estar embarazada, tener un hijo. Te digo que creo que está contenta.

–Si está contenta es porque está loca y porque es una inconsciente.

–Bueno Mariam, no pienses en eso. En cualquier caso, vos no estás ahí, por suerte te abriste.

–Yap, sí. Tenés razón. ¿Eso fue todo?

–Hay que preguntarle bien a Marta, yo llegué tarde y me fui temprano. Estuve una hora, literal. Me tenía que ir al bar cagando.

–¿Qué onda el bar?

–Harta, no aguanto más a mi jefe pero anoche me besé con Anita. Una de cal una de arena.

–La vida te da, la vida te quita. ¿Anita tu compañera de trabajo?

–Sí, Anita la encargada de la barra en la que estoy yo. Igual nada, unos besos y no pasó a mayores.

–¿Pero te gusta?

–Me distrae, me distraigo con ella, jugamos yo qué sé. Es más fácil ir a trabajar todos los días así, con una excusa o una alegría.

–Yap. ¿Y qué onda tu jefe?

–Un pelotudo bárbaro. Un tipo de cincuenta años que se quiere hacer el pendejo.

–Pero tipo te tira onda.

–No, no es desubicado así pero se hace el canchero, hace chistes con los amigos todos unos pelotudos de cincuenta años como él que están un miércoles dos de la mañana, chupando gin-tonic, rompiéndole las bolas a las camareras.

–Veinte años más jóvenes que ellos.

–Quince, o sea me quiero ir a mi casa, no me hagas quedar a servirle a tus amigos, sos grande. Los tipos te gritan, te dan órdenes, nunca sabés si cobrarles o no porque un día me dice una cosa otro día me dice otra. Te vuelven loca.

–Paja.

–Exacto. Así que ayer me emborraché yo también y me besé con Anita.

–Sano.

–Disociando.

–¿Tenés noticias de la homologación?

–Sigue igual, tasa recibida. En trámite. Pero a Juli que lo empezó conmigo el trámite ya le salió el mes pasado, así que cruzando los dedos. Tiene que salir ya, lleva más de dos años. Igual por las dudas ya la semana que viene pedí los dos francos juntos y me voy a ir a Barcelona, a inscribirme en el colegio de psicólogos de ahí que están inscribiendo.

–Estás en todo.

–Harta de estar en todo pero bueno sí, ponele que así adelanto. Así tengo por lo menos la sensación de que avanzo. ¿Vos?

–Yo nada amiga, trabajando lo menos posible. Meto algún Tinder entre semana, también. Vengo a la pileta. Tranquila.

–¿Alguien potable en Tinder?

–Es un zoológico pero no se me ocurre otra forma de más o menos no renunciar a coger, a tener algo parecido a un amante. Ni te digo un novio.

–Bueno, por lo menos te divertís.

–Exacto, así va pasando el verano.

–¿Y hablaste con tu jefe del aumento?

–Está de vacaciones y ahora ya me toca esperar a que terminemos el próximo trimestre de impuestos.

–Pedilo antes de terminar, cuando todavía te necesita. Cuando todavía no le resolviste la vida.

–Sí, ya sé. ¿Cómo está tu papá?

–Igual. No está peor que ya es un montón. Le conseguí ese tratamiento experimental que parece que le está haciendo bien, por lo menos la enfermedad dejó de avanzar y voy a viajar a verlo ahora, el mes que viene. A fin de septiembre. Diez días.

–Express.

–Es que si Dios es grande estoy calculando serán los diez días que me tome entre dejar el bar y empezar un trabajo nuevo.

–¿Ya estás buscando trabajo?

–Estoy mirando en internet, pasa que están todos de vacaciones pero hay opciones. Lo cual, intuyo, quiere decir que habrá opciones. Ni bien me salga el aprobado empiezo a mandar CVs.

–Sos increíble Sabri.

–Estoy hecha mierda amiga, pero nada, no queda otra. Imaginate que la hora, hora y algo que tuve libre el fin de semana, me la pasé ahí en casa de Sofía comiendo sanguchitos de miga.

–Una joda bárbara.

–Una amargura te juro, hasta me dolía el pecho.

–¿Por qué?

–No sé, por esto de que el rato libre que tenía el fin de semana me lo pasé en un ágape de embarazo no deseado, con unas señoras que no tienen nada mejor que hacer un sábado que hacer un baby shower de un embarazo no deseado.

–¿Lo decís por Karina?

–Sí, me dio hasta impresión.

–¿Tanto?

–Mariam es que estaba ahí toda excitada al lado de Sofía embarazada y sola en Madrid, en un departamento alquilado donde vive con dos minas que tienen diez años menos que ella.

–Es que Kari se quiere quedar embarazada hace un montón y no puede.

–Sí, yo sé, pero estar tan trastornada como para decirle a alguien que está en la situación en la que está Sofía sí sí, tené al pibe, es una idea estupenda.

–Imagino que te debe volver bastante loca querer tener un pibe y no poder.

–Me destruyó un poco. Creo que eso, ver eso pero también que no sé boluda no tienen problemas. O sea los problemas que tienen son los que se crean ellas mismas.

–Menos mal boluda que ya no estoy ahí.

–Un día me tenés que contar cómo fue todo ese show con Sofía.

–Un día te cuento. Con sanguchitos de miga.

–Full sanguchito. Me llevé también dos cachos de milhojas en un tupper. Me los desayuné la mañana siguiente.

–Te rindió la visita.

–Estaban espectacular. Después le voy a preguntar dónde las compraron.

–No te puedo creer que Sofía se embarazó de uno de Tinder boluda.

–Y está pensando en tenerlo.

–Lo va a tener vas a ver.

–Sí, lo va a tener.

–Sofía está loca Sabri.

–Todas estamos locas Mariam.

2.
Mariam y Marta

–Qué calor de mierda boluda.

–Es verano Marta, qué querés, que nieve.

–No, bueno, pero son las diez de la noche y hace treinta grados. No se puede vivir.

–Boluda, parecés un disco rayado. Es verano es Madrid qué querés. Ya sabés que hace calor, cuántos años hace que vivís acá.

–Cada vez lo llevo peor.

–Yo sé, te entiendo, te juro que yo también siento el calor.

–Pasame la carta. Qué vas a comer vos.

–Una pizza o empanadas, acá las de carne son buenas.

–Ok, yo me voy a pedir una entraña.

–¿Qué onda, cómo estás?

–Pará no me distraigas, yo como el orto cómo voy a estar no me ves que estoy pésimo. Me transpiran las tetas, estoy toda inflamada y me duele la espalda pero hoy tenemos tema Sofía.

–Contame todo, Sabri me contó pero a ella viste que la mugre no le gusta tanto. Además, me dijo que se tenía que ir y que se fue a medio chisme.

–Bueno, está embarazada, hasta ahí ya sabías.

–Sí, Martita hasta ahí sabía. ¿Qué sabemos del padre de la criatura?

–Es de Tinder.

–Sí, me dijo Sabri que es uno que estaba saliendo de Tinder, pero no tenía mucha idea.

–Salieron tres veces.

–Me estás jodiendo.

–No te estoy jodiendo. Salieron tres veces. Yo te digo, mi vida es un desastre de pe a pa, ya ni me pongo los anillos porque después no me los puedo sacar de lo hinchada que estoy, pero no me embaracé de uno de Tinder.

–¿Tres veces salieron? ¿De verdad?

–Sí boluda, la tercera vez que era la segunda vez que cogían se quedó embarazada. ¿Podés creer?

–Pero no se cuidó, le dijo dale dale soltame los nenes adentro que total estamos vacunados.

–Qué sé yo, no contó eso con detalle. Pero tan fácil embarazarse a los cuarenta no es. No puede ser sino habría más embarazadas de cuarenta años. No es como a los dieciséis que te miraban y te embarazabas.

–Entonces para vos sí le dijo sí sí acabame adentro.

–Qué sé yo, es un misterio, pero siento que si no te acaban adentro o mucho pero mucho coger sin cuidarte a los cuarenta años es muy difícil.

–¿Le habrá mentido?

–No importa igual. O sea el pibe también sabe a esta altura cómo se queda embarazada una mina.

–¿Y qué onda el chabón? ¿Qué se sabe de él, qué dice?

–Nada, un pibe normal, trabaja, es informático, programador, no sé bien. Esta semana se juntó a hablar, para contarle. El tipo espantado con un discurso –ojo– no del todo fuera de lugar, onda tu cuerpo tu decisión, pero que no estaba en sus planes y que no quiere ser padre.

–¿Y Sofía qué dice?

–Sofía no sé boluda, me sorprende pero a la vez no. Ella tiene el sueño de la familia pero es infantil. Está haciendo fuerza para que sea como ella quiere pero no es y se nota y se nota que se nota. Lo cual siento que la pone más histérica. Para mí lo mejor que le puede pasar es que el tipo no se quiera hacer cargo.

–¿Pero lo va a tener?

–Lo quiere tener sí. Que siempre quiso ser mamá y que es ahora o nunca.

–O sea ya decidió que lo va a tener.

–Si quiere ser madre es verdad que es ahora o nunca. Tiene cuarenta y un años. Si te quedás embarazada a los cuarenta años qué vas a hacer, lo tenés que tener. Embarazo a los cuarenta no se aborta.

–No boluda si no querés tener hijos no lo tenés que tener, te puede pasar y podés abortar tranquilamente.

–Para mí igual ella súper quiere, súper quería quedarse embarazada, por eso se quedó embarazada de un Tinder con el que salió tres veces.

–Me asusta.

–¿Qué?

–Eso, ser capaz de quedarte embarazada de uno de Tinder con tal de quedarte embarazada.

–Un poco sí, asusta, pero pienso yo también quiero, me gustaría o me hubiese gustado tener hijos. Pero no sé si soy capaz.

–¿De quedarte embarazada de un x, en cualquier circunstancia porque no sé, pintó? No, no sos capaz. Y está bien no ser capaz, Sofía está loca.

–No sé, capaz no está loca Sofía, capaz es corajuda, capaz tiene el grado justo de inconsciencia que la deja hacer lo que quiere hacer.

–¿Y nosotras somos unas boludas que no perseguimos nuestros sueños?

–Un poco sí. O sea, ya sé que no, pero vos me entendés ¿Qué si en realidad hay que ser más como Sofía y menos como yo, como nosotras?

–No, Marta, nosotras somos un montón de cosas pero no somos boludas. Sofía no es corajuda es inconsistente. Porque de una forma u otra siempre hay alguien que le está arreglando los desastres que arma. No le importa cuánto ni cómo le caga la vida a los demás en el proceso, porque siempre alguien le resuelve, la cuida.

–Bueno, igual le está pasando a ella. Si esto le va a cagar la vida a alguien es a ella. Quizás también al Tinder pero sobre todo a ella.

–Dijo algo más el Tinder.

–Eso, que él no quiere ser padre, que no estaba en sus planes, qué se yo. También qué va a decir.

–Sí, por favor otra caña, por favor.

–Dos.

–Y yo voy a comer una pizza de mozzarella, margarita.

–Para mí una entraña, bien hecha. ¿Puede ser dos vasos de agua, también? Gracias.

–Gracias. Bueno, en fin.

–Ella está un poco, para mí, confundida porque él le dijo cosas no del todo espantosas.

–La vara está baja.

–Claro y él le dijo algo así como bastante de manual del tipo yo te acompaño en la decisión que vos tomes, entonces ella está, esto que te decía, medio que interpretando a su capricho que si ella lo tiene él va a estar.

–¿Pero para el bebé o con ella?

–Justo. O sea ella de ahí ya saca: voy a formar una familia.

–Como una criatura.

–Encaprichada. Como una nena caprichosa. Cuando lo que pasa no coincide con lo que ella se imagina arma un escándalo, se desestabiliza, hay que ir a acompañarla. Yo te imaginás que no puedo con mi vida, me hago la que no leí los mensajes. No le respondo. Pero las chicas están ahí medio que esclavizadas.

–Sí, sí me la imagino.

–Bueno, sumale ahora con el embarazo. Hormonas, bomba de tiempo.

–¿Pero ustedes le dijeron algo? ¿Vos le dijiste algo?

–Es difícil Mariam decirle. Qué le vas a decir. Está embarazada de un Tinder en un país que no es el de ella, a veces tiene trabajo a veces no, vive en un piso en el que ni siquiera está en el contrato. Qué le voy a decir.

–Y bueno, justamente Marta: Sofía estás loca, no podés tener un hijo en estas circunstancias.

–Tiene cuarenta años. No es que no sabe cómo se queda una embarazada y las circunstancias pueden cambiar. Llega un punto en el que hay que hacer espacio y dejarla hacer.

–¿Dejarla hacer? Es un mono con navaja. Es el petiso orejudo. Imaginala con un hijo.

–Es su vida Mariam. Yo te adoro pero a veces cuando hablás de Sofía me preocupo más por vos que por ella. Es su vida y por suerte no está más ella en la tuya. ¿Qué te importa lo que ella haga?

–Te juro que no sigo taaaaaan ahí. Pero me desespera, me angustio. Se va a arruinar la vida y me da ira porque además siento que va a arrastrar con ella a quien sea que tenga cerca.

–Entiendo la angustia pero el enojo boluda, ¿de verdad? Es una mina sola embarazada de un tipo que no la quiere en un país que no es el suyo. A mí también me desespera pero ni a mí ni a vos nos va a arrastrar. Pasame las servilletas. Sabri con lo del viejo, Jose con su bebé chiquito, Maru que ni vino el otro día. Estamos todas en una. Ya somos grandes. Te digo, que las que se pueden ir a meter ahí es porque les queda cómodo, porque no sé están aburridas o están al pedo.

–¿Qué onda lo de la humedad no se solucionó?

–No es humedad, es moho. No, no se solucionó. O sea yo quería hacer ahora que es verano, bueno en realidad el mes pasado, una reforma para arreglarlo pero la dueña no quiere. Igual no es eso, es que me pidió el departamento, dice que se va a volver a vivir ahí porque le subieron el alquiler. Para mí todo mentira, todos están diciendo lo mismo. Los dueños. Porque con esa excusa te pueden rescindir el contrato. Empecé a mirar pisos hace como diez días. No hay nada, imagino que ya la semana que viene habrá más gente de vuelta en Madrid y más pisos en alquiler. Me mudé hace un año, tuve que comprar un montón de boludeces, mover a la gata y ahora tengo que hacer todo de vuelta. Te juro que me quiero morir. Es un estrés para Papita, o sea moverla tan viejita otra vez. Tardó como cuatro días en salir del transportín en la mudanza.

–Qué garrón Martu, lo siento. Vos me decís si te puedo ayudar.

–Si te enterás de alguien que alquile su depto, por ejemplo, me ayudás.

–Ok. Dale. Perdón.

–¿Por qué perdón?

–No sé, por el ataque con Sofía, por no poder ayudarte más.

–No seas boluda Mariana, no me pongás de mal humor que tengo transpirado hasta el ojete. Igual mañana tengo una cita.

–Bueno, no le digas a la cita que tenés transpirado el orto.

–Nunca. ¿Está buena la pizza?

–Está buena. ¿Lo tuyo?

–Está rico sí. Es nerca, la nerca siempre está rica.

–Che, y la cita, ¿de dónde?

–Adiviná.

–¿De Tinder?

–Efectivamente.

–¿Y te gusta el pibe?

–No sé, no lo vi nunca todavía. Hablamos y mañana vamos a ir a tomar vino. Ojalá me guste, ojalá me distraiga. Ojalá tenga un piso que me quiera alquilar.

–Capaz le estás pidiendo mucho a una cita.

–Es muy probable, pero qué querés es verano hace cuarenta grados todos los días, me tengo que mudar. Dejame soñar.

–Che y, ¿qué onda Kari? Me dijo Sabri que también loca.

–Bastante. En el sentido de que parecía la enfermera. Como que se ve que lo del embarazo la sensibiliza y está extraña mil.

–Porque ella estaba buscando también, ¿no?

–Hace mil y no queda. Da un poco de impresión lo mucho que quiere que Sofía lo tenga.

–Bueno, pero lo va a tener.

–Yo siento que sí que lo va a tener, pero sí tenía como no sé algún atisbo de duda, o se lo planteaba, Kari todo el tiempo le dice como que cuente con ella. Le dice cosas tipo estar embarazada es bueno, que estamos juntas en esto, que nos organizamos.

–Onda el pire de maternamos juntas.

–Totalmente el pire de maternamos juntas.

–¿Te acordás cuando Jose estaba embarazada? Que se la pasaba en la casa, que la quería acompañar ella a la clínica.

–Justo pensaba en eso el otro día cuando Sofía nos contaba la conversación con el Tinder. Kari salió con unas cuestiones de tipo embargo de sueldo al chabón si no quiere aportar para la manutención que igual es como que primero hay que hacerle juicio y Sofía no tiene ni tres meses de embarazo.

–¿Está pensando en eso Sofía?

–No, o sea no sé en realidad. Pero yo mientras hablaban pensaba en que igual si Sofía está decidida y quiere ser madre, es hasta mejor que lo haga sola que con un extraño.

–Boluda sabés lo que debe ser criar un hijo sola sin tu familia, sin red de apoyo, nada de nada.

–Bueno, justo eso dice Karina: nosotras podemos ser tu red de apoyo y yo hablaba con Maru red de apoyo de qué, yo no puedo con mi vida, a veces me cuesta levantarme de la cama para ir a ponerle la comida a Papita. No puedo ayudar a criar un pibe ajeno. Eso es lo que te iba a contar. Fue lo único que yo dije realmente.

–¿Qué?

–Que ponele que el pibe le dice dale tengámoslo, armemos algo. Y en dos años, este chico que es más joven y que no quería ser padre, que no la conoce, decide que, porque es su hijo, no quiere dejar que ella se suba a un avión con el bebé. Sofía no puede ir a Argentina nunca más. Qué va a hacer. Porque, por la mitad de un sueldo de un trabajador promedio, se va a comprar un problema para toda la vida, con un hombre que no conoce.

–Bueno pero igual tener un bebé es caro, necesitás plata, ¿cómo va a hacer?

–En todo lo demás ni me meto ni en el pire de si tenerlo o no, que sea un desconocido del que no sabe nada, el asunto de Kari madre teresa criemos en colectivo, toda esa historia, no me involucro, pero sí me parece un error forzar al chabón en la ecuación si no quiere.

–Bueno por lo menos es alguien de acá que tendrá madre, familia, ayuda de algún tipo podrá brindar.

–Para mí eso es lo más delulu. Pensar que un tipo porque es de acá puede colaborarte. No sabés quién es ni de lo que es capaz. Si resulta que es un psicópata que te esclaviza emocionalmente toda la vida, si es un padre espantoso, si te comprás estar en guerra para siempre con un desconocido. Yo sé que soy yo la que siempre se concentra en la parte que puede convertirse en tragedia y quizás sea yo la loca patológica que nada más puede ver los escenarios oscuros. A mí todo me parece una locura, pero si ella quiere ser madre, bueno, qué sé yo, adelante. Pero yo lo haría sola mil veces antes que con un extraño.

–Pero también imagino que es toda otra historia, ¿no? O sea en el cuadro de la cabeza es más fácil la novela: es un desconocido pero vamos a tener un hijo juntos.

–Sí, pero ahí es donde te entiendo y Sofía me llega a asustar. Pienso cómo es, cómo puede ser que esté más a gusto inventando una familia que no existe que asumiendo que va a tener un hijo sola. Si de hambre no se va a morir para qué se va a comprar un quilombo con un extraño.

–El padre de ella seguro la va a poder ayudar, además.

–Exacto. Pienso en eso, ¿sabés?

–¿En qué?

–En que ella justo puede prescindir de un padre para su hijo porque tiene al suyo, que la ayuda.

3.
Karina

Yo la veo bien. Mejor. Yendo al médico, haciéndose los estudios. Está comiendo bien, preparándose. Tuvo muchas idas y vueltas con el pibe cuando el pibe todavía estaba in the picture y ahí ella se ponía nerviosa y no se cuidaba nada. Pero nada eh. Un día hasta le sentí aliento a cigarrillo imaginate. Ahí sí yo le tuve que decir: Sofi, dale, boluda. Vas a tener un hijo, ponete las pilas nos tenés a todas preocupadas. No da. Todas con ella acompañándola y ella dale que dale con el chabón. Empezó más o menos bien. Con el pibe, digo. Le dijo que podía contar con él, como padre. En eso, hay que decirlo, fue súper claro. Porque le dijo enseguida que él, siendo sincero, ya antes del embarazo tampoco es que estuviera buscando pareja y aún cuando entendía que en situaciones así los límites se corren o se ponen borrosos, él no sentía que fuera una solución ni siquiera una buena idea que ellos tuvieran un proyecto de familia. Porque no eran y nunca habían sido una pareja. Pero que si ella decidía avanzar con el embarazo, él se iba a hacer cargo. Hasta ahí, razonable. Que también yo en ese momento le decía a Sofi: el pibe quizás no quiere formar una familia pero te está diciendo que se va a hacer cargo. Te dice que podés contar con él, no es exactamente como vos querés pero las cosas nunca son exactamente como queremos. Te tenés que poder adaptar. Quizás es hasta mejor. Pero a ella le gustaba el pibe desde siempre, desde la primera vez que salieron. Lo veía como super father material. Yo a veces pienso en mi primer novio. Agustín. Yo estaba mega enamorada. Teníamos 22 años. Era un bardo. Falopero, chupaba, salía todas las noches. Pero él súper quería que tuviéramos un hijo y yo era chica y estaba estudiando y pensé no es el momento, voy a tener tiempo más adelante. No era el momento, de eso estoy segura pero quizás nunca lo es y cuando lo es resulta que te cuesta quedar embarazada. No hay garantías, nunca sabés. Es una lotería. Pero ella estaba re entusiasmada cuando lo conoció. Es que parece fuerte, se lleva el mundo por delante pero en esas cosas es más débil. Como childish. Daba pelea tras pelea con el pibe por cada pavada. Imaginate. Era un infierno. Tuvieron un momento de tregua, Sofi entró en razón, se calmó. Pero creo que nunca terminó de estar en claro cuál era la línea, qué cosas son las que hace una pareja y qué cosas las que hace un padre. La realidad es que el pibe no lo quería tener. Si se tenía que hacer cargo, si no le quedaba otra, se iba a hacer cargo. Esa era su actitud frente a la situación y fue así desde el principio hasta el final. Pero claro le terminaba diciendo a Sofi cosas espantosas. Pensémoslo bien, un hijo es para toda la vida, miremos todas las opciones. Y una podría pensar bueno, tampoco es para tanto, no era tan horrible, menos si se trata de tener un hijo que es para toda la vida. Pero no le podés decir a una mina de cuarenta años que está embarazada y que dice que lo quiere tener que aborte. Bueno, en realidad ni siquiera se lo decía con todas las letras. Se lo sugería porque seguro le tendría miedo. Típico. Todas le dijimos a Sofía que si ella estaba decidida era mejor sola. Todas. A medida que se sumaban gastos, responsabilidades, le crecía la panza, se fue complicando. Estalló con el tema del piso. Tenía una visita a un departamento en Antonio López que le encantaba y le pidió que la acompañe. Ella decía que así iba a ser más fácil que se lo alquilaran, que no era una embarazada que estaba sola en el mundo, pero podríamos haber hecho de pareja nosotras, para el caso. Pasa que lo que yo creo es que ella ya le había vendido toda la moto a la de la inmobiliaria. Capaz estoy diciendo cualquiera pero me súper imagino a Sofi al teléfono contándole todo un cuento a la mina de Tecnocasa. Cual teenager, teléfono en la oreja, diciendo que va a ir con su pareja a ver el departamento porque ella está embarazada y se tienen que mudar antes de que nazca. Ella quería ir con el pibe sí o sí, decía que era importante porque tenía contrato de trabajo indefinido y era el padre y que era la casa para el hijo de los dos. En fin. El tipo no fue y ni le avisó que no iba y a Sofi la de la inmobiliaria no le alquiló el piso. Te imaginás. Escándalo. No sé bien qué pasó ahí entre ellos pero lo último que supe es que él le escribió un Wapp o un mensaje de Instagram, diciendo que había consultado con un profesional, una psicóloga, y que ella era una manipuladora y una oscura y que lo dejara en paz. La bloqueó. Nos mandó a buscarlo a nosotras en Instagram. Yo le hablé, algunas más de las chicas también le hablaron. A mí no me respondió. Se fue de Instagram y desde entonces no sabemos nada. Sofi no sabe nada o por lo menos dice que no sabe nada. It's gone. Pero te digo, ella está bien, está yendo a yoga para embarazadas, está ocupándose de su bebé y de su cuerpo. Está mucho mejor. Como que ya va dejando atrás el asunto del padre. Del del bebé, digo. No el de ella que la está ayudando un montón. También nosotras hicimos un Drive y empezamos ahí a organizar. De eso te quería hablar, yo sé que ustedes no están hablando, pero Sofi es nuestra amiga y nos necesita. Si la pudieras llamar o mandarle un mensaje yo creo que le haría bien. Ella te quiere mucho y yo sé que te extraña un montón Mariam. Nunca supe bien qué pasó entre ustedes, pero en un momento así creo que es importante dejar las diferencias de lado. Nosotras acá no tenemos a nuestras familias. Yo te voy a mandar un correo con el link para el Drive. Vas a ver que hay dos Excels, uno para las fechas antes del parto y otro para después. Estamos intentando armar una red para acompañarla. También organizando una colecta. No es nada más de plata, podés aportar lo que puedas. Por ejemplo, cositas para el bebé, podés ayudar con la mudanza o no sé, cocinar o hacerle la compra alguna semana. La mudanza es la semana que viene, al final el papá de ella le terminó alquilando un departamento en Acacias que es precioso. Es chiquito pero tiene dos cuartos y está al lado del Mercadona. Estaban buscando para comprar pero los deptos que le gustaban necesitaban siempre hacer alguna reforma y es verdad que es un lío traer la plata de allá para acá. Es nuestra amiga y necesita ayuda. Yo sé que Sofía es una persona difícil. Pero está sola y está embarazada. Yo estoy hablando con Jeremías porque es probable que me vaya a instalar con ella unas semanas antes del parto y después también para ayudarla, para estar con ella y el bebé por lo menos los primeros días. Nos agarra en un momento complicado porque estamos buscando nosotros hace un montón pero Sofi me necesita y creo que es importante que podamos acompañarla. Tampoco te voy a decir que es otra persona pero está mejor. Te juro. Después de la mudanza vamos a organizar el baby shower, estaría bueno que vengas. Ni bien tenga la fecha te la voy a pasar. No me digas nada ahora, mirá mirá esta foto, la panza. Decime si no está preciosa. De verdad, pensalo. Prometeme que lo vas a pensar.

4.
Mariam, Sabrina y Marta

–Vengo bastante cogida compañeras.

–Espero te hayas bañado.

–¿Y te organizaste un baby shower como para contarnos?

–Como mi íntima amiga Sofi.

–¿Birra para todas?

–Sí, un doble.

–Doble.

–Yo quiero un tercio mejor, ¿tenés Mahou? Perfecto.

–Decime que por favor te cuidaste. Porque no sé si te enteraste que hay como una epidemia.

–Capaz es el agua de Madrid.

–¿De qué hablan?

–Esta no sabe.

–Que Karina está embarazada.

–¿Qué?

–Creer o reventar.

–No me dejan brillar, no me pueden ver contenta.

–No te dejan ser protagonista nunca, es impresionante siempre están armando algún quilombo para opacarte.

–Pero contá con quién cogiste.

–¿No sabés nada vos Sabri? Mariam tiene novio.

–No es mi novio pero viene bien. Es de Tinder.

–Qué fruta noble el Tinder.

–Cómo es tu no novio, qué hace, cómo se llama. Largá la sopa.

–Se llama Jairo. No tiene una profesión muy noble Marta te quiero advertir en el sentido de que contribuye a la especulación inmobiliaria.

–Bueno, el príncipe azul es realtor.

–Ojalá, tendría más plata, no es realtor.

–¿Qué hace?

–No es arquitecto pero casi.

–Ya empezó la distorsión post coito.

–¿Cómo se es casi arquitecto?

–¿Le faltan un par de materias? ¿Se recibe a fin de año?

–Si te pide plata vos decí que no tenés.

–Que igual no tenés.

–Pero no boludas, estudió arquitectura, no se recibió. Tiene su empresa de hacer reformas.

–Es constructor.

–Y destructor.

–Probablemente. Lo saqué, como les decía, de Tinder. Estamos saliendo hace tipo un mes. Le dije que hoy las veía a ustedes que no podíamos vernos pero pasó recién un ratito a casa y me acaban de pegar terrible cepillada. Me puso todos los patitos en fila.

–Felicidades. No me imagino nada mejor en este momento que estar bien cogida.

–Es prácticamente un milagro en esta economía.

–Che pero qué onda le pediste el aumento a tu jefe.

–No chicas no me animé, en junio lo hago. Prometo.

–Pero dale María Mariana siempre igual, otro trimestre más dejando pasar el asunto.

–Nada, quilombos varios con mi jefe. Después les cuento. Qué onda lo de Kari, ¿de verdad está embarazada?

–Creer o reventar María Mariana.

–Del inútil del novio o tiene un amante o algo.

–De Jeremías boluda de quién va a ser. Están hace mil años.

–Se está queriendo quedar embarazada hace mil y resulta que justo es ahora que acaba de nacer el hijo de Sofía.

–Aries. Le puso Román, por Riquelme.

–¿Vos me estás jodiendo?

–Sí, le puso Román pero no por Riquelme.

–A mí me agarró hace unos meses y me internó diciéndome que había que acompañar a Sofía, que ella se iba a ir a vivir con ella, que no sé qué del Drive y el Excel y el PDF. Que la llamara, que intentara acercarme.

–Ah sí el PDF fue un gran momento. A mí también me agarró pero yo estaba con el asunto de la mudanza, no le di ni pelota.

–¿Te llamó Karina para que te amigues con Sofía por lo del hijo?

–Sí, si les conté. A Marta le conté seguro. Pasa que capaz vos estabas con lo de tu papá y me olvidé. ¿Cómo va eso?

–Yo qué sé, mi papá se está muriendo del otro lado del mundo. Ni mis hermanos ni yo podemos hacer nada más que ir a acompañarlo cada tanto. Es tan desesperante que paraliza. Mi hermana acaba de volver de estar con él, mi hermano va a verlo una vez por mes. Yo estuve en septiembre y voy de nuevo en agosto pero es acompañar y poco más porque además es lento. Por suerte está mi tía que se ocupa, que lo cuida. Si no, no sé qué haríamos.

–¿Dónde es que vive bien?

–En San Pablo, bueno cerca, como a doscientos kilómetros.

–¿Y el tratamiento ese que le habían conseguido?

–Sigue, le detuvo el deterioro que ya es un montón pero no mejora, no puede trabajar y también es una cuestión de los hombres viste, les pega mal no poder trabajar, tener que ser cuidado todo el tiempo, que lo ayuden a ir al baño. Ahí donde viven sin poder manejar también es muy difícil. Siento que bajó los brazos. Está todo el día con el teléfono mirando Tik Tok.

–¿Y vas a ir en el verano?

–Sí, antes no puedo. Con el laburo nuevo y todo eso. Tampoco quiero. Es como que por fin puedo trabajar de mi profesión acá, no te digo que gano una fortuna pero estoy mejor, mi trabajo me gusta. No quiero dejar mi trabajo y mi vida para ir a meterme en una tumba en Brasil. Voy a ir en agosto diez días y después me voy a Argentina a ver a mis hermanos, a mis amigas.

–Está bien Sabri.

–Si más no podés hacer.

–Sí puedo, podría pero no quiero. Es choto de decir y fue difícil para mí también verlo y decir hasta acá, pero es así. Más no quiero.

–Se nota que es psicóloga.

–Si como que se cura ella sola de ella misma.

–Me vendría bien una buena cepillada, eso me ayudaría a curarme.

–No boluda no cura nada, siento que al revés, todo empeora. Ponele yo llegué bárbaro toda garchada pero ya me estoy poniendo ansiosa a ver cuándo voy a volver a coger. O sea si es verdad que te olvidás, mientras estás intoxicada de endorfinas, dopamina pero es como un fogonazo. Dura nada, un ratito.

–Yo no quiero ni decir lo que hace que no cojo.

–No pasa nada boluda a veces se coge y a veces no se coge y la vida es así.

–No pasa nada, yo antes de este Tinder también hacía mil que no cogía.

–No chicas, de verdad. Hace tanto que ya no puedo ni decirlo y empiezo a pensar que hay algo mal conmigo.

–Hay montones de cosas malas con vos y en todas nosotras. Estás en una pero podés salirte de ahí también. ¿Qué onda el Tinder, lo usás?

–O los otros que son como Tinder.

–No sé, lo intenté pero las cosas siempre son complicadas. Termino no haciendo nada por paja y el tiempo pasa, me pongo peor, más difícil.

–¿Cuándo fue la última vez que saliste con un chico?

–O que coqueteaste con un chico, que te gustó alguien y hubo como actividad romántica.

–En el verano. Salí con un Tinder y tuvimos una cita, nos emborrachamos, nos besamos, nos despedimos en la puerta de mi casa y nunca más me contestó los mensajes.

–Es que así es muy difícil.

–Es muy difícil. Y el anterior a ese fue la última vez que cogí hace como no sé, más de un año. ¿No te acordás vos Mariam? La vez que me desgarré toda que tuve que ir al hospital. Ahí me traumé porque el pibe pensó que me había venido y yo estaba segura de que era imposible. Me asusté. Me fui a la guardia. Y desde ahí estamos así, con la dificultad.

–¿Pero cómo te desgarraste así?

–Es que si hace mucho que no cogés cuando volvés a coger te desgarrás.

–¿Pero no te masturbás vos?

–Sí, pero no me meto nada.

–Las dos con Marta tenemos el conejito que es puro clítoris. Te corrés mil veces pero nunca te metés nada.

–¿Vos tampoco te metés nada Mariam? Cuando te masturbás digo. Yo si no me meto un coso adentro, aunque sea un dedo no acabo.

–No, yo si me masturbo es puro clítoris. A mí también me pasó una vez que estuve un tiempo sin coger y también cuando me la metieron me terminé desgarrando. No pasa nada, te curás rápido pero da muchísima impresión.

–Yo le digo la dificultad. Como que Ok no es grave, tampoco son cinco años sin coger y ustedes me dicen y Maru me decía también dale Marta usá Tinder, dale Marta tenés que salir más. No es fácil. Se dice fácil pero no es fácil. En el verano que salí con este pibe que no me llamó más me quedé mal y me tenía que mudar, andaba con cuatrocientos quilombos y estaba mal por un pelotudo que ni me gustaba.

–Bueno igual sí, no es para tanto, o sea sí te deja mal pero Marta te juro tampoco es para tanto.

–Yo sé, o sea intelectualmente entiendo perfecto, pero me pega mal intentar coger y que salga mal y entonces cada vez me cuesta más.

–Martu yo siento que quizás estás un poco deprimida. Te tenés que sacar el asunto de encima como un trámite, onda vamos a un bar ahora y te cogés a cualquiera del bar, al mozo. Cualquiera y ya está, ya está hecho y desde ahí vemos cómo seguís pero ya mataste al fantasma.

–Sabrina vos porque vivís en el mundo de la gente linda pero yo nunca en la vida me fui con uno que conocí en un bar una noche.

–Ok, bueno, pero entonces Tinder, intentarlo por ahí más a tu tiempo.

–Sí, ahora que me mudé, que me siento más estable ya sé que me tengo que ocupar, que es lo que se viene. Igual lo odio.

–Boluda por lo menos no sé no te embarazaste de un desconocido.

–¿Sí sabías vos que el padre le compró un departamento, no?

–¿Acá o en Buenos Aires?

–En Buenos Aires ya tiene uno, acá. Le compró un departamento en Usera, lo están terminando de arreglar.

–Qué fruta noble el padre.

–Sí el de ella porque lo que es el mío.

–Y ustedes saben cómo fue el parto y todo eso. Yo me quedé con el link al Drive que me mandó Kari.

–El PDF tenía todas las indicaciones escritas como si hablara el bebé. Onda: Mami necesita apoyo y descanso, si venís de visita que sea para sumar. Traé comida, traé pañales. Bañate antes.

–Igual no sé, yo me pregunto si igual no es por ahí. Si no es mejor eso, hacer cualquier cosa.

–¿Total papá lo arregla?

–Si tenés un papá que lo arregla capaz sí, pero sino es pura destrucción.

–Autodestrucción.

–Igual yo fui a verla ahora que nació Román y estaba desbordada y todo pero estaba contenta.

–¿Ya había pasado lo de Karina?

–Sí, yo la fui a ver a la clínica, Kari se fue antes de que naciera Román.

–¿De verdad estaba viviendo en la casa con ella?

–Sí, en el depto que le había alquilado el padre de ella en Acacias. Pero nunca fui yo cuando estaba Kari.

–Yo sí, al baby shower justo ahí fue que Karina contó que estaba embarazada.

–Está loca, cómo va a contar en el baby shower del bebé de la amiga lo de su embarazo.

–Igual Sofía sabía. Pasa que siento que quizás Sofía estaba esperando, no sé, que Kari se quedara ahí, que criaran a los hijos juntas. Pero no, se volvió a la casa porque no sé qué le dijo el obstetra de que tenía que estar en un ambiente más controlado.

–¿Como que Sofía era muy impredecible?

–Algo así entendí yo.

–Sí, y además ya le va a tocar correr atrás de su propio bebé como para ponerse a cuidar el de otra.

–Bueno ella tiene al novio.

–Pero Jeremías es asperger boluda, o sea es como un muñeco. Karina hace todo, cocina, limpia, ordena. Lo despierta, le prepara el desayuno. Si ella no le dice sentate a comer no come, no sé, es rarísimo.

–Es como un chiste que es asperger o es de verdad.

–No sé la verdad, según Maru sí. ¿Vos lo viste Sabri alguna vez?

–No. No lo conozco, solo de los cuentos. De lo que cuentan ustedes.

–Igual sí va a formar una familia. Karina. Tiene un novio, tiene una casa y está embarazada. Ya no le compensa andar cuidando de la otra.

–Por más que sea todo como un decorado decís.

–Claro. Al lado de la otra a la que le salió todo pésimo.

–Salvo por el padre. El de ella que le compró un departamento, digo.

–Bueno, Karina tampoco tiene trabajo.

–Karina también tiene un padre guitudo.

–Igual qué fijación con la maternidad.

–Nunca nos contaste qué pasó con Sofía, por qué se pelearon.

–Pidamos otra birra. ¿Se quedan otro rato?

–Sí, dale. Está linda la noche.

–Además nos tenés que contar más de tu Romeo realtor.

–¿Pero nos contás de Sofía?

–Hoy no quiero pensar en cosas tristes.

Agradecimientos

Muchas gracias al jurado de la IX edición del Premio Ribera del Duero, Juan Gabriel Vásquez, Nuria Barrios, Paulina Flores por este reconocimiento que me llena de emoción y orgullo. A Juan Casamayor y Encarnación Molina y a todo el equipo de Páginas de Espuma por el acompañamiento, el cuidado y el cariño.

A mis amigas. Especialmente a Lucila Martínez y Laura Guarinoni; Brenda Navarro, Sabina Urraca, Antonio Ayuso Parrilla, Rocío DeLlavalle, Sofía Machi y Manuela Palazuelos; a Magalí Etchebarne, Ana Montes, Cecilia Fanti, Majo Moirón y Eva Álvarez, trauma y porcelana forever.

A mis compañeras, compañeros del MFA in Spanish Creative Writing y a todo el departamento de español de la Universidad de Iowa. Especialmente a Luis Muñoz y a Horacio Castellanos Moya, quien es además el autor de la novela *Moronga* de donde tomé prestado el nombre Merlow City y el chisme de las monjas para el cuento «Tsunami».

A mis alumnas. A todas ellas. Las prodigios, las avanzadas, las iniciantes, las locas, las adictas, las de los libros chiquitos y las del grupito. Las quiero mucho y la confianza que depositan en mí me llena de motivos todos los días.

A Mónica, mi psicóloga, que me empuja.

A Eugenia, mi hermana, por todo, por siempre.

A Mimi, mi mamá, que me enseñó a leer.

Esta primera edición de
Personaje secundario
de Sofía Balbuena,
obra ganadora del
IX Premio Ribera del Duero,
se terminó de imprimir
en abril de 2026.